誰が星の王子さまを殺したのか?

ミシェル・ビュッシ
平岡　敦　訳

集英社文庫

目次

誰が星の王子さまを殺したのか？ 5
訳者あとがき 274

主な登場人物

ヌヴァン・ル・ファウ……飛行機整備士
ヴェロニック……ヌヴァンの妻
アンディ……フォックス・カンパニー探偵社の研修生
オコ・ドロ……クラブ612のメンバー、カメルーン人ビジネスマン
マリ＝スワン……クラブ612のメンバー、ニューヨーク在住の老婦人
モイゼス・コチャヴ……クラブ612のメンバー、エルサルバドルで暮らす酒飲み
イザール一世……クラブ612のメンバー、オークニー諸島アーミニア自治王国の王
ホシ……クラブ612のメンバー、サウジアラビアのジッダ灯台で働く日本人
地理学者……クラブ612の創設者
アントワーヌ・ド・サン＝テグジュペリ……フランスの小説家、飛行士
コンスエロ・ド・サン＝テグジュペリ……アントワーヌの妻、エルサルバドル出身
マリ・ド・サン＝テグジュペリ……アントワーヌの母
シルヴィア・ハミルトン……アントワーヌのニューヨーク時代の愛人、アメリカ人ジャーナリスト
ネリ・ド・ヴォギュエ……アントワーヌのパリ時代の愛人、偽名でサン＝テグジュペリの伝記を執筆

誰が星の王子さまを殺したのか？

王子の踵《かかと》のあたりに、きらりと黄色い光が輝いただけだった。
王子は一瞬、体をこわばらせた。叫び声はあげなかった。
やがて木が倒れるみたいに、静かにくずれ落ちた。
砂地のせいで、音ひとつしなかった。

『星の王子さま』

はじめに

一九四四年七月三十一日の朝、アントワーヌ・ド・サン＝テグジュペリは偵察飛行任務のためコルシカ島のボルゴを飛び立ち、二度と帰ることはなかった。

以来、行方不明のまま六十年近くを経て、彼の搭乗機と思《おぼ》しきアメリカ製双発機の残骸が、驚くべき偶然により地中海の海底から発見された。

サン＝テグジュペリの謎に、それで決着がついたのだろうか？

作家の遺体は見つからなかった。数少ない目撃談も、相矛盾している。

サン＝テグジュペリが消息を絶った経緯を明らかにするため、今日われわれになにが残されているだろう？　作家はその背後に、自ら手がかりをばら撒《ま》いていったのではないか？

彼が最後に書いたもののなかに、その鍵が存在するのでは？

作家は死に先立つこと一年と少し前、ヨーロッパの戦闘にむかう前に一編の小品を完成させた。初めは手すさびに書いた、素朴な作品だと思われていた。

それが『星の王子さま』だ。

もしこの短い物語が、彼の遺書だったとしたら？

もしサン＝テグジュペリが『星の王子さま』のなかで、行方不明の秘密を明かしているとしたら？

物語のなかで語られる星の王子の唐突な死と、十数か月後にサン＝テグジュペリを襲った死とのあいだには、驚くべき類似点がいくつもある。サン＝テグジュペリの遺体捜索で見つかったのは、錆《さ》びた飛行機の残骸だけだった。いっぽう王子は自分のことを、〝脱ぎ捨てられた古い殻〟にすぎないと表現している。

〝古いぬけ殻なんだから、悲しくもなんともない〟と、サン＝テグジュペリはわたしたちに告げていたのだ。〝ぼくは死んだようになるけど、本当に死ぬわけじゃないんだ〟と。

『星の王子さま』の驚異的な成功や、サン＝テグジュペリの波瀾《はらん》に富んだ生涯を扱った文学研究は数多い。しかしサン＝テグジュペリの運命と王子の運命を比較対照しようとした著作は、かつてひとつもなかった。

殺人事件は哲学的物語《コント》の背後に、巧みに隠蔽されたのか？

真にこう問いかけた者は、これまでひとりとしていなかったのか？

誰が星の王子さまを殺したのか？　と。

この小説はそうした疑問から想を得ている。サン＝テグジュペリと彼の作品の主人公が遂げた失踪の奇妙な類似の糸をたぐりよせ、再調査に乗り出すこと。

考えうる犯人や動機にはこと欠かない。わたしは関係書類をすべて集めた。

本書で取りあげた出来事はすべて事実である。サン＝テグジュペリの生涯や失踪にかかわる挿話はどれも本当にあったことだし、引用はすべて原文どおりだ。オリジナル手稿に関する言及も正確なら、出版前の逡巡《しゅんじゅん》や推敲《すいこう》、挿絵の取捨選択、あるいはピーリー・レイスの地図の話も嘘《うそ》ではない。

わたしはそうした明白な素材をすべて集めたのち、おそらくは前代未聞のやり方で並べることにした。

謎解きのピースはあなたの手の内にある。あなたも推理ゲームに加わって、自分なりの解答を示すことができるだろう。

もしかしたらあなたは、『星の王子さま』を読んだことがないかもしれない。あるいは遥《はる》か昔に読んだきりで、よく覚えていないかもしれない。でも心配ご無用。本書に登場する二人の捜査員の導きに従えばいい。

あなたは『星の王子さま』を何度も読み返し、文章のひとつひとつまで心に刻んでいるかもしれない。だとしたら、本書のそこかしこにちりばめられた目くばせに気づいて、にやりとするはずだ。

小惑星は島に、飛び立つ渡り鳥は飛行機に置き換わっているが、証人たちは『星の王子さま』の登場人物と同じく突飛で興味深いだろう。

よき空の旅とよき読書を。そしてこの唯一無二の物語に、新たな発見があらんことを。願わくはわが再調査も、それに劣らず他に類を見ない、謎と驚異と詩心に満ちたものになりますように。

ビジネスマンの島

持ち主のいない島を見つけたら、それはきみのものだ。
ビジネスマン、小惑星328

穴のなかに見える三つの星。そこにむかってのぼっていく。するともう、降りることはできない。星々に食らいつこうと、むかっていくしかない。
『夜間飛行』

1

「葉っぱが一枚、はみ出してるわ」

ヴェロニックはテラスのドアの前に立ち、わたしに微笑《ほほえ》みかけた。この数週間来、からりと晴れたのは今日が初めてだった。空は青く、雲ひとつない。分譲地のはずれまで、芝刈り機の音が響いている。

わたしは邪魔な葉をむしり取り、きれいに整ったイボタノキの垣根をほれぼれと眺めた。

これでよし。ヴェロニックはわたしに投げキッスをして、庭の検分を続けた。彼女は隣家の桜に目をむけた。伸びた根が、小道の舗石の下まで入りこもうとしている。レンガ製のバーベキューセットは、昨晩使ったまま洗っていなかったし、門扉もひらいたままだった。

わたしは家から庭の端まで、三メートルの距離をひと飛びし、鉄格子の門扉を閉めた。

「ありがとう」とヴェロニックは小声で言った。「わたしたちの……わたしたちの小さな星は、まずまず完璧ね」

まるで太陽は、百平方メートルのわが家を照らすためにだけ輝いているかのようだった。それにヴェロニックの美しさを際立たせるためにも。彼女はいきなり家の奥に姿を消した。

「あなたに電話よ、ヌヴァン」

ヴェロニックは戻ってくると、受話器をさし出した。わたしはそれを手に庭を歩いた。

「ヌヴァン・ル・ファウさんですか？」

「ええ」

「オコ・ドロと申します。あなたは十三番太陽アエロクラブの整備士さんですね？　あなたの上司から、電話番号を教えてもらいました」

「それで？」

「お力をお借りしたいんです。マルセイユの近くにおります。ソルミウ入江に」

「今、すぐにですか？」

「そこからなら、ほんのひと足でしょう。古い飛行機の専門家が、どうしても必要なんです」

わたしは話しながらそっとふり返った。風が少し立った。ヴェロニックがぶるっと震えるのが見えた。わたしは彼女の前でテラスのガラス戸を閉めた。寒くないようにという気づかいもさることながら、返答を聞かれたくなかったから。

「すぐ行きます」

2

オコ・ドロのヨットはソルミウ海岸を離れ、沖へとむかっていく。わたしは入江が少しずつ小さくなり、隠れ家をあとにしたカモメたちが船のうえを飛び去るのを眺めた。まるで透明な紐《ひも》で鳥たちに引かれているかのように、白い船は音もなく進んだ。島のダイヤモンド号（というのが船の名前だった）は、飛行機と同じくらいほっそりとしている。波のない空を滑るように走る、翼のない飛行機だ。

オコ・ドロはマホガニーの小さなテーブルに、すべてを並べた。わたしは錆びた金属片をじっくりと検分した。万年筆。古びた鉄屑《てつくず》。

オコは太い指で、小さな黒い万年筆をそっとつまみあげた。

「ついこのあいだ、漁師の網にかかったんです。パーカー51。これらの鉄板に挟まっていました」

わたしは少し身を乗り出した。どうやらコックピットと補助翼、尾翼の破片らしい。

疑問の余地はない。わたしはこうたずねた。

「ロッキード社P38ライトニング機の残骸ですね？」

オコ・ドロは感心したようにひゅうっと口を鳴らした。

「ご名答《ブラヴォー》！　評判のほどは嘘じゃなさそうだ」

わたしは肩をすくめた。見せかけの謙遜ではない。塩水に蝕《むしば》まれたこんなボロ鉄を、どうして大事そうにとっているのか、わけがわからなかった。

「地中海のうえでは、何百人ものパイロットが戦死しました。この機のどこが特別なんですか？」

オコは金色に丸く縁どられた万年筆のキャップを弄んでいた。ヨットはリウ島の北東でとまった。カモメが遠ざかっていく。

「一九四四年七月三十一日、アントワーヌ・ド・サン＝テグジュペリは南仏沿岸沖のどこかで、P38ライトニング機に乗ったまま消息を絶ちました」

二十年ほど前にさかのぼる記憶が、ぼんやりとよみがえってきた。新聞の一面やラジオの速報で、大ニュースになっていたはずだ。けれども当時、わたしはまだ空を見あげて夢想にふけっている年ごろで、飛行機といえば飛ぶもの、海中の残骸には興味がなかった。

「たしかサン＝テグジュペリの搭乗機は発見されたのでは？」

オコ・ドロはうなずいた。

「そのとおり、まさしくこの場所、リウ島沖でね。行方不明になってから、五十年以上もたって。しかし、彼の機だという確たる証拠は見つかりませんでした。飛行機のなかには、遺体もなければ個人的な持ち物もなかったのです」

わたしはあらためてパーカーの万年筆と、ばらばらになった飛行機の破片をじっくりと眺めた。

「でもあなたは、確たる証拠を手に入れたと？」

「それをたしかめていただきたいんです」

「あなたは……いったい何者なんですか？」

「王子ですよ。金持ちで黒人の王子。王子たるわたしが今あるのは、すべてサン＝テグジュペリのおかげなんです」

3

「というわけでね。それがサン＝テグジュペリの飛行機の破片なのかを調べるため、カメルーンの億万長者はぼくに一万ユーロ出そうって言うんだ」

「カメルーンの億万長者？」とヴェロニックは驚いたように言った。

彼女はテラスに陣取り、パソコンを前にしている。わたしは彼女に近づいた。

わたしは途中で立ちどまり、わが家を眺めた。ヴェロニックが夢見たとおりの家だ。わたしは彼女の願いを、すべてかなえてあげた。バラ色のレンガ、窓辺のゼラニウム、屋根のうえの鳩。

「オコ・ドロに雇われたフォックス・カンパニーの探偵と組んで、仕事にあたらねばならないんだ。明日、また彼の船に行く……いやはや、信じられないな。七十年以上前に行方不明になった作家のために、こんな調査をすることになるとは！」

朝の暑さが、早くもテラスを包みこんだ。太陽にも整える暇がなかったのか、あふれる金色の陽光は、ヴェロニックのブロンドの髪さながらだった。彼女の額には、小さな汗の粒が光っていた。

「ねえ、そろそろ朝食の時間よ。よかったらなにか……」

わたしは大いに恐縮して奥にひっこみ、コップに冷たい水を汲《く》んできた。ヴェロニックはまだじっとパソコンにむかっている。

わたしは決然と彼女のほうに身を乗り出した。

「サン＝テグジュペリと星の王子さまよ、やすらかに眠れ。オコ・ドロは自分でなんとかすればいいんだ」

「一万ユーロなんて、彼らにとってははした金よ」

ヴェロニックは目をあげず、パソコンの画面に映ったいくつもの記事を読み続けた。わたしのところからは、記事の内容まではわからなかったけれど、水彩画のイラストだけは見てとれた。惑星、砂漠、天の星……

「星の王子さまも、ビジネス的には大成功ってところね。今日《こんにち》、作家の銀行口座残高は莫大《ばくだい》な額になってるわ」

ヴェロニックはコップの水をそっと飲み、記事から記事に視線を走らせた。

「世界で一億七千万部も売れたんですって！　今でもフランスだけで、毎年数十万部がさばけてる。けっして古びない作品ってわけね。訳された言語は四百三十四。世界で聖書の次にたくさん翻訳され、売れている本（彼女はコップをまた口もとに運び、結露したガラスに唇の跡を残した）。関連商品にもこと欠かないし（クリックすると、淡い色合いの画像がずらりと表示された）……ぬいぐるみ、香水、腕時計、眼鏡、おもちゃ、ノート、手帳、電気スタンド、シーツ、ゲーム……くらくらするくらいだわ」

ヴェロニックはこほんと咳《せき》をした。わたしの持ってきた水が、冷たすぎたのだろう。彼女が風で喉を傷めないように、わたしはついたてを広げてたずねた。

「サン＝テグジュペリは一九四四年に亡くなっている。そんな古い作家の作品は、もう著作権が切れているのでは？」

ヴェロニックはまたクリックした。

「ちょっと待って……あったわ！　著作権は作者の死後七十年で切れるんですって」

わたしは計算した。

「じゃあ『星の王子さま』は二〇一四年から、著作権切れになっているんだ！」

新たなクリック。

「いえ、〈祖国フランスのために戦死した〉作家には、何年か延長があるの。サン＝テグジュペリもそのリストにのっているから、著作権が切れるのは二〇三二年。少なくとも、フランスでは」

なるほど。わたしはパーカーの万年筆のことを考えた。P38ライトニング機の残骸や、オコ・ドロの話のことも。「確たる証拠は見つかりませんでした。飛行機のなかには、遺体もなければ個人的な持ち物もなかったのです」と彼は言っていた。

「ということは、つまり……サン＝テグジュペリはフランスのために戦死したんじゃないと判明したら？　世界でもっとも売れている本の著作権は、切れてしまうってことか？」

ヴェロニックはディスプレイの埃《ほこり》に目を近づけた。そして埃を払おうとするかのように、睫毛《まつげ》をぱちぱちと上下させた。

「著作権の継承者はサン＝テグジュペリの甥《おい》や姪《めい》と、そのまた子どもだけのようね。彼らがすべてを管理しているってわけ」

「サン＝テグジュペリは結婚していなかったのかな？　子どもはいなかったし、遺言書もなかった？」

「子どもはいなかった……星の王子さまが子ども代わり！　遺言書もなかったけど、結婚はしていた。この記事によると、作家の死後、遺族は二派に分かれてぶつかり合ったみたい。片やサン＝テグジュペリの甥や姪、片や妻のコンスエロ。遺言書がなかったものだから、コンスエロは自分に有利な偽の遺言書を作ろうとしたけれど、それを甥や姪たちが告発して……協議の末に著作権は半分ずつ分け合うってことで、双方合意に達したんですって。でもそれ以外の権利は、コンスエロにはいっさい認められなかった。作品に対する著作者人格権は甥と姪側が独占したの」

「著作者人格権？」

「『星の王子さま』をどう利用するかを決める権利……続編や映画化、翻訳といった二次的な著作物を認めるかどうかってこと」

ヴェロニックはまた咳をした。わたしは彼女の両肩に腕をかけ、小声で言った。

「星の王子さまはヘビに咬《か》まれて死んだのかと思ってた。形見に星をひとつ残して」

ヴェロニックはわたしの腕をふりほどき、なんにもわかっていないうぶな少年だとでもいうように、こっちをじっと見つめた。

「そのほうがずっと重要だと、大人はわかっていたんでしょうね。ビジネスマンたちが真っ先にしたのは、王子さまの星、正確にいうなら彼の小惑星を、銀行に預けることだった。彼らはB612という小惑星の名前を小さな紙に書き、それを引き出しにしまって鍵をかけた。こうすれば王子さまも、星と同じく自分たちのものとなる。あんまり詩的ではないけれど、本当に真面目な仕事ってわけ！」

4

オコ・ドロはあたりをぶんぶん飛びまわるコガネムシを、片手で追い払った。そして椅子に腰かけ、目の前に置いてある箱を眺めた。四角い白い箱。穴が三つ、横一列に並んでいる。

ひと気のないリウ島の海岸に寄せては砕ける波のリズムに合わせ、オコ・ドロのヨットはゆっくりと縦揺れ《ピッチング》を続けている。白い岩の合間に、ぱらぱらと草が生え残っていた。まるでウサギや山羊《やぎ》、ヒツジの軍団に食い荒らされ、岩肌が露《あら》わになったかのように。

そんな景色を、オコは一顧だにしなかった。

彼は箱に書かれた自分の名前と住所を、もう一度読みなおした。見慣れない文字の消印が押された切手も、ためつすがめつする。おそらく古典アラビア語だろう。差出人欄には、こう書かれているだけ。

クラブ612。

オコは箱を手に取って、重さを量った。とても軽い。いくら揺すっても、なんの音もしなかった。まるでなかは空っぽであるかのように。サン＝テグジュペリが王子のために描いた、ヒツジの箱にそっくりだ。王子はあの絵がとても気に入ったのだった。

オコはあけるのをためらった。

ほかのみんな——マリ＝スワン、モイゼス、イザール、ホシ、地理学者——も、この箱を受け取ったのだろうか？　それともわたしのところに、いちばん先に送られてきたのか？

彼は誘惑に抗《あらが》った。腰を押さえてそろそろと立ちあがる。リューマチの痛みは、いっそうひどくなった。彼は箱を手にすると、食糧貯蔵室にしまった。

あけるのはあとにしよう。

あの二人を迎えてからでいい。

まずは彼らをテストしなければ。ひとりは優秀な探偵、もうひとりは引退したパイロット。

念入りに選んだ二人だ。

はたして、期待どおりのレベルに達しているだろうか？

5

「依頼をお受けいただき、感謝します」とオコ・ドロは言った。

ポール＝ミウ港に停泊する島のダイヤモンド号は、入江でもっとも大きなヨットだった。白い絶壁を燦燦《さんさん》と照らす太陽の光で、狭い谷はかまどと化していた。わたしは甲板に立ち、海辺で躍る松の黒い影を目で追った。ヴェロニックの話を聞いてここまで来たことを、早くも後悔し始めていた。

「あとはフォックス・カンパニー探偵社の探偵さんが来るのを待って、船を出すとしましょう」とオコ・ドロは続けた。「ほどなく着くと思います」

カメルーン人のオコ・ドロにも、この暑さは堪《こた》えるらしい。船のうえを一歩歩くごとに、汗が一リットルも噴き出すほどだ。

「探偵さんはアンディといいます。お二人で力を合わせ、仕事にあたってください」

待っているあいだ、背中をぽたぽたと流れ落ちる汗が時を刻んだ。ようやくエンジン音が聞こえた。赤いベスパだ。スクーターは埠頭《ふとう》にとまった。きゃしゃで小柄な人影がヘルメットを脱いだ。フォックス・カンパニーの探偵は少年なのかと思った。赤毛のショートヘア。ぴちぴちのジーンズに、フードのついたオレンジ色のTシャツ。けれども、こちらをふり返ったのを見てわかった。

少女だ。

アンディは若い女性だった。

彼女は島のダイヤモンド号の甲板にぴょんと飛び乗り、満面の笑みでわたしに握手を求めた。お月さまみたいにまん丸な顔。赤い月というか、シナモン色の粉雪をまぶしたバニラの月だ。

「フォックス・カンパニー探偵社研修生のアンディです!」

見たところ、歳《とし》は二十歳くらい。もしかしたら十八……、あるいは、せいぜい二十二だろう。フォックス・カンパニーは研修生を送ってきたのか! けれどもオコ・ドロに、動じたようすはなかった。彼はもやい綱をほどき、リウ島めざして船を出した。

ヨットは快調に波を切っている。オコは錆びたパーカー51万年筆を、アクリル板の小さなショーケースに入れた。

「このペンは、サン＝テグジュペリ行方不明の謎を解くための第三の大きな発見なんです」とビジネスマンは説明を始めた。「一九四四年七月三十一日の早朝、アントワーヌ・ド・サン＝テグジュペリはアメリカ製の偵察機P38ライトニングでコルシカ島のボルゴ基地を飛び立ち、グルノーブル方面の偵察任務にむかいました。サン＝テグジュペリは無線機の呼びかけにまったく応じませんでした。午後二時三十分、燃料が尽きました。午後三時三十分、行方不明が確認され、そのまま二度と戻ることはありませんでした。スイスかヴェルコール山地に降り立って、レジスタンスのグループに加わったのだろうと言う者もいましたが……ドイツ軍パイロットの証言をもとにして、のちにサン＝ラファエル沖の捜索が行われました。それにサン＝テグジュペリ家の屋敷であるアゲー城から、その海が望めるという理由もあって。けれども彼が乗った飛行機の残骸は見つかりませんでした。こうして五十年以上、なんの手がかりも、なんのとっかかりも得られませんでした。ところが一九九八年九月、真実が明らかになりました。ここ、マルセイユ沖で、ジャン＝クロード・ビアンコという名の漁師の網に、銀のブレスレットがかかったのです。長年、海の底にあったにもかかわらず、その表に刻まれた文字を読み取ることができました。**アントワーヌ・ド・サン＝テグジュペリ（コンスエロ）、レイナル＆ヒッチコック社気付、ニューヨーク・シティ、四番街三八六番地、USA**。こうしてついに、謎は解けました。サン＝テグジュペリは、わたしたちの足の下に沈んでいるのです」

それまでおとなしく耳を傾けていたフォックス・カンパニーの見習い探偵が突然片手をあげ、授業中、教師の話を自信たっぷりに遮る生徒のようにこう言った。

「たしかにみんな、そう信じていますが」

アンディは肩をすくめ、ハリネズミみたいにつんつんと立った髪を震わせた。首の付け根あたりにバラのタトゥーが見える。

「謎が解けたですって？」とアンディはかわいらしい笑みを浮かべて続けた。「わたしに言わせれば、ブレスレットの話なんてとうてい信じがたいですね」

オコもにっこりした。どうやら彼も、議論の開始を心待ちにしていたらしい。

「だが、それが公式見解ということになっている」とビジネスマンは落ち着き払って答えた。

「むしろ非常識な見解でしょう」とアンディは言い返した。「コルシカ島からアルプス山脈まで、捜索区域は八十万平方キロメートルにもなるんですよ。海だけでも、数十万立方メートル以上の水があるんです。なのに水深百メートル以上の海底から、たった三十数グラムのブレスレットがよく見つかったものね！　そして地中海の底に眠っていた最大の謎が明かされるなんて！　どちらかと言えばわたしはひとの話を素直に信じるほうだけど、だからってそんな奇跡を鵜《う》呑《の》みにするのは……」

アンディはその場におとなしく立っていられなくなったらしく、子ネズミみたいに甲板のうえを跳ねまわり始めた。こっちの頭がくらくらするほどだ。サン＝テックス（サン＝テグジュペリの愛称）

にかけてはよほど一家言持っているのか、それとも徹夜で下調べをしてきたのか。

「しかしそのブレスレットは、厳として存在しています」とオコは応じた。「サン＝テグジュペリと妻の名、ニューヨークにある出版社の住所が表に記されたブレスレットは」

「ええ、そのとおり」とアンディは答えた。「海底から見つかったブレスレット、そこにはすべてが書かれてる。疑問の余地がないくらいに。とうてい無視はできないでしょうね。でもひとつ、気になることがあるんです。漁師の網にかかるまで、そんなブレスレットの話など誰も聞いたことがありませんでした。由来もなにもわからない。専門家たちはサン＝テックスの写真を何百枚とたしかめてみたけれど、ブレスレットをしているものは一枚も見つかりません（ジャック・プラデル、リュック・ヴァンレル『海に消えた星の王子さま』には、サン＝テグジュペリが左の手首に銀のブレスレットをつけている写真があったことが記されている）。あれこれ調べてみた結果、ニューヨークでの愛人シルヴィア・ハミルトンがサン＝テグジュペリにブレスレットを贈ったことがようやく判明しました。彼が亡くなる数か月前、『星の王子さま』のオリジナル手稿と引き換えに……けれどもそのブレスレットは銀でなく、金製だったんです！それは大したことじゃない。妻のコンスエロか出版社から贈られたものだなんて、その場しのぎの説をでっちあげる人もいましたが、確たる証拠はありませんでした。だったらサン＝テグジュペリは、ブレスレットを二つ身につけていたとでも？　愛する女性二人からもらったブレスレットそれぞれを。わたしはそんなに目端が利くほうじゃないけれど、ちょっと考えればわかることです。ジャン＝クロード・ビアンコが見つけたという、黒ずんだ銀の板切れは偽物だって。当時、新聞の反応も、みんなそういうものでした。漁師は嘘つき扱いされ、裁判沙汰にもなったけれど、結局彼の敗訴となりました」

オコはリウ島のむかいで船のエンジンを切った。海は信じられないほど澄んでいる。底が見えるかと思うほどだ。

「そのとおりです、アンディさん……初めはブレスレットが本物だと、誰も信じてはいませんでした。そこで白黒はっきりつけるため、ブレスレットが網にかかったあたりの海中を、ダイバーが調べたのです。ちょうど今、わたしたちがいるあたりをね。すると二〇〇〇年五月、戦闘機のキャビンが見つかりました。じっくり時間をかけて残骸を引きあげ、鑑定した結果、二〇〇三年九月に最終的な結果が出ました。部品のひとつから読み取ることのできた識別番号２７３４Ｌが、サン＝テグジュペリの搭乗機のものと一致したのです。ブレスレットは、ル・ブールジェ航空宇宙博物館に展示されています。謎は解明され、論争に終止符が打たれました。サン＝テグジュペリはここで亡くなったのです」

アンディは海に目をやり、ぷっと吹き出した。まるで海星《ひとで》がいきなり、鈴に変わったとでもいうように。

「ずいぶんとまた、強引なこじつけね！　飛行機の残骸が近くから見つかったからって、誰も信じていなかったブレスレットが急に本物になってしまうなんて。そして飛行機の残骸がサン＝テグジュペリのものなのは、ちょうどブレスレットが発見された場所に沈んでいたからだなんて！　でもひとつ、言い忘れているのでは？　今、わたしたちがいる海の底から最初に見つかったのは、ドイツ軍機のエンジンでした。そのあと、アメリカ製戦闘機の部品が見つかったんです。ドイツ軍機とごちゃごちゃに交ざって。こんなに広い地中海で飛行機が二機、ぴったり同じ場所に墜落したっていうんですか？　そんな話を、みんな受け入れたんですか？　偶然を信じたいなら、それもけっこう。ただ、あんまり偶然の一致が重なると、童話の親指小僧が手がかりを注意深く撒いていったんじゃないかって、わたしなら考えたくなるけど」

わたしはオコとアンディの対決を、魅入られたように眺めていた。

「あるのは物的証拠だけじゃない。それはあなただって、よく知っているはずです、アンディさん。ドイツ軍のパイロットだったホルスト・リッペルトが、七月三十一日にマルセイユの近くでアメリカ製飛行機を撃墜したと証言したのです。彼はそれがサン＝テグジュペリの飛行機だと確信していました」

「なのに善良なるホルストは、戦後六十年以上たってようやくそれを打ち明けたんですよ。しかも例の残骸が発見されてから。そのとき彼は九十近くになっていました……彼は第二次世界大戦前から、サン＝テグジュペリの作品の熱烈な愛読者だったとも言ってます。大好きな作家を撃墜してしまった自分が許せないと。なんて突拍子もない証言でしょう。信じたければご自由にどうぞ。けれどもわたしは、とうてい真に受けられません。リッペルトは戦功を讃《たた》える勲章を国から授かったと主張していますが、それだって証拠はないし。彼は一九四四年七月三十一日、たまたまひとりで飛んでいて、アメリカ製偵察機を撃墜したと言いますが、その成果はどこにも記録されていないんです。たとえホルスト・リッペルトの話が嘘でないとしても、標的が本当にサン＝テグジュペリの飛行機だったという証拠はなにもありません。一九四四年七月三十一日、ほかに少なくとも三名のドイツ軍パイロットが、カステラーヌからモンテ＝カルロにいたる南仏地域で、アメリカ製P38を何機も撃墜したと断言しています。けれど、どの飛行機かはわかりませんでした。たくさんの人々が調べてみたものの……軍の資料からも真実は明らかになりませんでした」

オコはリウ島をふり返った。

「とはいえ、信用に値する証言もある。島の漁師たちが戦争末期、パラシュートにくるまれたパイロットの遺体を見つけたと言っています。遺体がどうなったのかはわかりません。けれども一九六五年にリウ島で、墓石の下から骨が発見されました」

「しかし数十年後、それはドイツ軍パイロットのものだったと判明するんですよね。そもそも骨の主は三十五歳にもなっていなかったのに……サン＝テグジュペリは四十四歳だったんです」

オコはにっこりした。

「お見事《ブラヴォー》、アンディさん。あなたは資料をじっくり読みこんでいるようだ。もともとこの一件は、ブレスレットの発見という信じがたい出来事に端を発しています。でもあなたの意見に従い、それがなにかの陰謀か、悪ふざけだったとするなら、そんなことをしてマルセイユの漁師にどんな得があるのでしょう？　彼が正直者なのは、誰しも認めるところです。レジオンドヌール勲章さえ授かっているんですよ」

「ええ、わたしだって、その船長が善良で誠実な人だと思ってます。ですが彼は、ひとりで船に乗っていたわけではありません。乗組員のひとりがそっと網にブレスレットを入れれば、それで手品の一丁あがり。飛行機の残骸を海の底に沈めるのも難しいことではありません」

「なんのために、そんな手のこんだインチキをするんです？」

「それはあなただってよくわかっているはずでしょ、億万長者さん。動機にはこと欠きません……歴史を書き換えるため、秘密を守るため、真実を隠すため、調査の目をそらすため……例えば不可解な疑問があります。サン＝テグジュペリはマルセイユ沖で、いったいなにをしていたのか？　コルシカからグルノーブルへまっすぐミッションにむかったなら、ニースやサン＝ラファエルを通るはずです……ところがマルセイユは、そこから二百キロ近くも離れています。さらには母親のマリが、こんな証言をしています。サン＝テックスが消息を絶った日、息子の飛行機がアゲー城のうえを飛んでいく音が聞こえたと。もうひとつ、未解決の疑問が残っています。サン＝テグジュペリの遺体が見つかっていないことです。ブレスレットは見つかったのに、遺体は出てこない。たとえブレスレットが本当にサン＝テグジュペリのもので──わたしにはとうてい信じられませんが──最後の飛行のとき手首にそれをつけていたとしても──誰ひとり覚えていないけれど──だからといってサン＝テックスがちょうどこの海底で死んだとは限りません。戦争中、地中海で軍の救助活動にあたっていたドイツ軍兵士カール・ボームは、片足を怪我《けが》したパイロットを海から引きあげました。そのパイロットは高名な作家だと名のり、身分証からなにからすべての書類を海に捨てるようたのみました。そして尋問を受けるため、ドイツ軍当局のもとに送られました。彼は生きのび、解放されたのでしょうか？　それは誰にもわかりません。こうして謎がもうひとつ……秘密がもうひとつ残りました」

オコは熱心に聞いている。それにびっくりしているようだ。若い見習い探偵が繰り出す話にも、彼女の才気煥発《さいきかんぱつ》さにも。

「秘密だって？　アンディさん、いったいどんな秘密です？　あなたのお考えは？」

「それはわかりません……というか、どんなことだって考えられます……サン＝テグジュペリはフランスのために戦い、ホルスト・リッペルトに撃墜されてリウ島沖で戦死したのか？　最後に母親の屋敷のうえを飛んだあとに自殺したのか？　生きのびて捕虜になったのか？　あるいは誰も考えつかなかったような、別の可能性があるのか？　そうそう、サン＝テックスは最後のミッションに出る前の晩、コルシカ島のボルゴ基地でいつものようにカードマジックを友だちに披露したあと、深夜零時ごろ出かけました。基地では寝ずに、朝八時になってようやくまた姿をあらわすと、飛行機に乗りこんだのです。彼が最後の夜をどこですごしたのか、誰にもわかりません。ともあれそれが最後の飛行だったことは、みんなが知っています。サン＝テグジュペリは歳がいってたので、翌日退役する予定だったんです。これまたずいぶんと奇妙な偶然ですよね？　最後のミッションの日に、撃墜されてしまうなんて。サン＝テグジュペリは部屋の机に、ひと目でわかるよう二通の手紙を残していました。一通は愛人のネリ・ド・ヴォギュエ宛て。ヴォギュエは妻コンスエロの強力なライバルでした。サン＝テグジュペリがスーツケースのなかに残したメモを、ネリはすべて回収しました。そして彼を国家的な英雄にし、死後の伝説を作りあげたのです。彼女は二〇〇三年に亡くなったとき、すべての記録を国立図書館に寄贈しました。けれども遺言により、彼女の死後五十年を経てからでないと、それは公開されないんです……こうしてまた謎がひとつ増えたのです」

アンディはひと息つき、汗ばんだ手のひらをつんつんに立てた髪でぬぐった。わたしは早く話の結末が知りたくて、初めて口を挟んだ。

「サン＝テグジュペリは手紙を二通残したと言いましたよね。もう一通は誰に宛てたものだったんです？」

「友人のピエール・ダロスです。彼はヴェルコール山地のレジスタンス・グループのリーダーでした。その手紙がどんな言葉で結ばれていたか、知ってますか？」

わたしが答える前に、アンディは澄んだ声ですらすらとそらんじた。

たとえ撃墜されようと、なにも後悔しないだろう。
未来に待っている白アリの巣は、なんとおぞましいことか。
ロボットみたいな生き方を、ぼくは美徳にしたくない。
ぼくは庭師になるべき人間だった。

その言葉はわたしの胸を打った。崇高であると同時に絶望的。サン＝テックスはわかっていたんだ。これが最後の言葉になることを、よくわかっていた。この手紙を読んだなら、誰にもそれは否定できないだろう。

そんなやりとりのあいだに、オコはアクリル板のショーケースをあけ、万年筆をつまみあげた。

「あなたの言うとおりですよ、アンディさん。最後のミッションのとき、サン＝テグジュペリが持っていった私物のリストのどこにも、ブレスレットは記載されていません。しかし彼が肌身離さず持っていたパーカー51万年筆のことは、はっきり書かれています。わたしはたくさんの専門家や科学者、研究所に助力を乞いました。彼らは最新のテクノロジーを駆使して、間違いなく……」

けれどもアンディは疑わしげに万年筆を見つめ、ため息まじりにこう言った。

「ロボットみたいな生き方を、ぼくは美徳にしたくない……」

6

オコ少年はムフーンディ通りを全速力で走っていた。突然の雷雨がヤウンデ（カメルーンの首都）を襲った。六歳になるオコがこれまで体験したことがないほど激しい豪雨だった。通りは泥の濁流と化し、むき出しの脚が膝までそのなかに浸《つ》かった。通りに店を出していたもの売りたちは、あわてて商品を片づけている。フルーツ、箱入りの煙草《たばこ》、袋詰めの香辛料、羽根をむしったニワトリ。怯《おび》えた子どものことなど、誰も気にしていない。

オコはずぶ濡《ぬ》れになりながら、雨宿りできる場所をきょろきょろと探した。けれど見つからなかった。両親が住む小屋はまだ遠い。町の北部、ンタバのほうだ。そこまでたどり着けそうもない。湖の地区はきっともう水浸しだろう。椰子《やし》の枝や車、犬みたいに流されてしまうかもしれない。

「こっちにいらっしゃい」

オコはふり返った。

「さあ、早く入って」

白人の女の人が、大きな石造りの家の前に立っている。ヤウンデで石造りの家は珍しかった。それに白人の女性も珍しい。

オコはなかに入った。

家のなかは涼しくて、部屋や廊下が迷路のように続いていた。どこもかしこも静まり返っている。外の嵐など気にならないかのように、笑顔でのんびり歩く大人や子どもたちも、ほとんどみんな白人だった。

「ようこそ、フランス文化センターに」と白人女性は言った。「わたしの名前はナタリー。あなたは？」

ナタリーはとても親切だと、オコにはすぐにわかった。彼女は体を拭くようにとタオルを貸してくれた。そして嵐が遠ざかるまで、ここにいていいと言った。仕事があるのでしばらくひとりにするけれど、資料室の椅子に腰かけて待ってなさい、と彼女は続けた。すぐに戻るわ。なにか本を選んであげましょうね。

ナタリーが戻ってきたとき、オコはまだ本に没頭していた。彼女はオコを遠くから見つめた。オコは魅せられたように、一ページ一ページじっくりと眺めている。まるで挿絵のある本を初めて見たかのように。たぶん実際に、初めてだったのだろう。オコが夢中になっている絵を、彼女は思い浮かべた。惑星、空を飛ぶ渡り鳥、バオバブ、砂漠のうえに広がる満天の星。あの子はどんな物語を想像しているのかしら？

「読んで欲しい？」

オコは目を大きく見ひらき、おずおずとうなずいた。

ナタリーは子どもの隣に腰かけた。

六歳のころ、原生林について書いた本のなかで、ものすごい絵を目にした。

本のタイトルは『本当にあった話』。

描かれていたのは、大蛇のボアが野獣をひと呑《の》みにしようとする場面だった。

ナタリーが『星の王子さま』を読み終えたとき、嵐はすでに遠ざかっていた。ナタリーは本を閉じ、ドアをあけた。

「マダム……」

「ナタリーって呼んでちょうだい、坊や」

「ええ……はい……また来てもいいですか？」

「もちろんよ、オコ。ここはすべての子どもたちにひらかれているわ」

「ぼ……ぼく、本が読めるようになりたいです」

こうしてオコは通うようになった。

「カメルーンには三百近い言語があるの」とナタリーは言った。「フランス語や英語のほかにも、ピジン語、フラニ語、バココ語……でもこの本のおかげで、あなたはそのすべてを学ぶことができる。これは地球上のあらゆる言葉に訳されている本だから。もっとも珍しい方言にまでも」

オコはまずフランス語で、次に英語で『星の王子さま』が読めるようになった。さらにはマリの言葉バンバラ語でも。表紙に描かれた王子さまが黒い肌をしていたのが、気に入ったから。そしてスペイン語、ポルトガル語、中国語と続いた。

『星の王子さま』に登場する人物のうち、オコがいちばん魅了されたのはビジネスマンだった。星を所有するなんて、なんて天才的なアイディアだろう！　オコはなにも所有していなかった。だから彼は、ビジネスマンの話についていつもいつも考えた。

持ち主のいないダイヤモンドを見つけたら、それはきみのものだ。
持ち主のいない島を見つけたら、それはきみのものだ。
なにか最初に思いついたアイディアがあったら、特許を取ればいい。
そうすりゃ、きみのものだ。

オコは優等生だった。なにも持っていないけれど、一生懸命勉強して、カメルーン政府から奨学金をもらい、大学に入った。まずはヤウンデの大学に。それからフランスのボルドー政治学院に。

最初の会社を立ちあげたとき、オコはまだ三十歳にもなっていなかった。『星の王子さま』に出てくるビジネスマンは、星を所有していた。それにフランス、イギリス、アメリカにまたがる巨大な多国籍企業、石油、ウラニウム、ダイヤモンド、ボーキサイト、ニッケルだって持っていただろう。だからオコは目に見えないものを手に入れようと思いたった。そう、境界を。国境、地方の境、川や海。それを越えるために、人は大金を払うものだと彼は気づいた。そこで橋や道路、港、駅、列車、船、飛行機を作り、大儲《もう》けをした。彼は当初ヤウンデで、プール付きの大邸宅に住んでいたが、カメルーンの貧しい暮らしを目のあたりにするのに嫌気がさすと、フランスをはじめ世界各地に屋敷を持った。

きれいな服を着て、高級車を乗りまわすようになっても、オコは裸足《はだし》だった子どものころの自分を忘れなかった。ほとんど毎日、『星の王子さま』を読み返し、暇ができるたびにヤウンデのフランス文化センターを訪れた。ナタリーはすでに老婦人になっていた。彼女のアドバイスを受け、オコは基金を創設した。大金を拠出したものの、彼の莫大な財産のうちの、ほんの一滴にすぎなかった。世界の悲惨な現実を前にした一滴だ。

数知れない旅の先々で、オコは『星の王子さま』の翻訳を集めた。百九十五の言語、今あるほとんどすべての版を持っているけれど、それでもまだカメルーンの言葉より数は少ない。調査員たちが彼のために、世界の果てから希少な版を探し出してきた。ゾンカ語（チベット南部の方言で、ブータンの公用語）やチベット語、アマゾンのシピボ・コニーボ族の言葉のような珍しい言語に訳された本を手に入れるには、とてもお金がかかった。それらの貴重な本がある村に、水や電気を引くよりもたくさんのお金が。

オコが四十歳のとき、地理学者が連絡をしてきた。『星の王子さま』のなかでは好きな登場人物ではなかったが、彼のアイディアは悪くなかった。『星の王子さま』の熱烈な愛好者だけを集めた、国際的なクラブを作ろうというのだ。それがクラブ６１２だった。さまざまな言葉に訳された本を集めたり、展覧会を開催したりするのが目的ではない。むしろ秘密結社のようなものだった。入会できるのは、奥義を究めた者だけ。『星の王子さま』の行間を読み、真の意味を汲み取れる者。その秘密を見抜くことに一生を捧《ささ》げた者。この寓話《ぐうわ》が投げかける、究極の荘厳な問いに答えられる者だけに許されたクラブなのだ。

オコは痛む椎骨を押さえながら立ちあがった。数日前から、彼は考えこみがちになっていた。裸足のオコ少年は見ず知らずの、遠い存在になってしまった。孫を持ったことはないけれど、かつての自分はこれから慣れ親しまねばならない孫のようなものだ。六十年以上も前だからな。ナタリーはとっくに亡くなって、ムヴォリエの墓地に埋葬されている。

島のダイヤモンド号はゆっくりとした縦揺れ《ピッチング》を続けた。オコは目の前の食糧貯蔵室を見つめ、四角い箱を脳裏に思い浮かべた。差出人欄には、こう書かれているだけ。

クラブ612。

そろそろあけてみるべきだろうか？

いや、まだだ……

慎重にいかなければ。自分で探索を続けるには、歳を取りすぎている。それに病身で、疲れ果てている。まずはバトンがしっかり受け渡されたことをたしかめなければ。

オコは足を引きずりながら歩いて、アクリル板のショーケースをあけた。そしてパーカー51万年筆を取り出すと、テーブルの前に戻って腰をおろした。彼は目の前の紙に最初の名前を書き始め、にっこりした。海底に七十五年も眠っていたはずの万年筆にしては、書き味は悪くない。

ずいぶんと粗雑な餌だ。アンディはなかなか抜け目がなさそうだから、ほどなくペテンに気づくだろう。まあ、いい……

彼はリストを作り続けた。

マリ＝スワン、ニューヨーク市、マンハッタン島、五番街、エンパイアステートビル八十階。

モイゼス、コンチャグイタ島、エルサルバドル。

イザール、白貂《アーミニア》自治王国、オークニー諸島、スコットランド。

ホシ、ジッダ灯台、サウジアラビア。

地理学者……

アンディとヌヴァンはいい探偵コンビになりそうだ。

ヌヴァンはまだ、気づいていないとしても。彼はまだ自分のミッションについて、なにも知らないとしても。

これから行う旅について。

渡り鳥の飛行について。

7

島のダイヤモンド号はひたひたと音を立てながら、モルジウ入江にとまっていた。目の前には、大きな石を積みあげた土手が続いている。アンディは巣穴の前にすわる小悪魔のように、岩のあいだに腰かけた。わたしは赤毛の見習い探偵の脇に立ち、足もとに寄せては砕ける波を見ていた。入江はほとんどひと気がなかった。ハンチングをかぶった若者がひとり、日焼けした娘の腰を抱き、脇にとめた真新しいスポーツカーを自慢げに見せている。


愛するとは、見つめ合うことではない。

共に同じ方向を見つめることだ。


オコ・ドロは一メートルほど離れて立ち、アンディに紙を渡した。

「ここにルートが書いてあります。調査の次の目的地が」

わたしは見習い探偵の肩ごしにのぞきこみ、メモを読もうとした。紙には五人の名前と、四つの住所が書いてあったけれど、わたしには一番目しか読み取れなかった。

マリ＝スワン、ニューヨーク市、マンハッタン島……、次の目的地？　とアンディは不審げに繰り返した。

老カメルーン人は禿《は》げ頭にうす茶色の麦藁《むぎわら》帽子をかぶっていた。よほど暑くてたまらないらしい。

「パーカー51万年筆が見つかったとき、どうしてこのわたしに、地中海の老いぼれバオバブに声がかかったのか、そろそろ明かすときが来たようです。どうしてわたしが、あなたがたに助力を求めたかも」

オコは岩にどっしりと腰をおろした。もう二度と立ちあがれないんじゃないか、とわたしは思った。黒い人魚姫像よろしく、小さな港の入口に飾られた石像に変身してしまったように。

「わたしは『星の王子さま』に一生を捧げました。全エネルギーを、全財産を捧げたんです。話せば長くなりますが、あの物語はわたしの人生を変えたのです。わたしはその思いを、五名の熱烈なファンと分かち合いました。世界各地に散らばっている彼らと、ひとつの会を作ったのです。クラブ612を。その目的はただひとつ。というか、正確には二つ。でもえてして、その二つは同じことのように思われています。すなわちサン＝テグジュペリの死の謎を解くこと、そして王子さまの死の謎を解くことです」

わたしは濡れた岩から危うく滑り落ちるところだった。

「王子さまの死の謎？」

「そうです」とオコは真顔で答えた。「星の王子さまはサン＝テグジュペリの物語の最後に死んでしまいます。子どもむけの話だというのに、奇妙だとは思いませんか？　誰が王子を殺したのか、とあなたは考えたことがあるのでは？　十数か月の間を置いて続いた王子の死とサン＝テグジュペリの死がどれほど似通っているか、すでに気づいているのでは？」

そのとおりとばかりにアンディが言った。

「二人とも謎めいた失踪を遂げ、遺体は見つかっていない……」

わたしは納得がいかず、言い返した。

「星の王子さまはたしか、ヘビに咬まれて死んだのでは？　サン＝テグジュペリのほうは、ドイツ軍パイロットに撃墜されたけれど」

アンディはにっこりした。

「あなたはミステリ小説を読んだことがないの？　ことはもう少し複雑だと思わない？　どうしてヘビは砂漠を這《は》いずりまわっていたのか？　どうして王子さまはヘビに話しかけたのか？　そして、読者に対して、どうしてこんなことわりをしたのか？　〝ぼくは死んだようになるけど、本当に死ぬわけじゃないんだ〟って。だったら本当はなにが起きたのか、突きとめたいとは思わない？　見せかけのむこうになにがあったのかを？」

わたしはわけがわからず、馬鹿みたいに繰り返した。

「見せかけのむこうに？」

アンディは助け舟を求めて、オコの目を見た。そしてわたしの古い記憶に訴えかけるように言った。

「飛行機の整備士さん、子どものころに『星の王子さま』を読んだことがあるでしょ？　少なくとも、一度くらいは。だったら、あの作品でいちばん有名な一節はなにかわかる？」

「ええと……大事なことは目では見えない、だったかな」

「そのとおり……〝大切なものは、目に見えない〟と王子さまは、ヘビに咬まれる前に言い添えている。ちょっと頭を働かせればわかるはずだけど、それはつまり〈本質は隠されている、真実はひとが思っているとおりではない〉ってことよね。そもそもこの作品は冒頭から、見た目はあてにならないっていう話で始まってる。一見すると帽子の絵だけれど、実はそれが象を呑みこんだ大蛇ボアの絵なんだから。サン゠テックスはわたしたちに、見せかけの裏を探せって教えてくれているの」

「ぼくはてっきり……」

アンディは皆まで言わせなかった。

「『星の王子さま』のなかで、大切なものは目に見えないとわたしたちに教えてくれたのは誰？」

わたしは考えるまでもなく答えた。

「キツネだ！」

「そう、キツネよね。でも整備士さん、自然界に生息するあらゆる動物のうち、どうしてサン゠テグジュペリはキツネを選んだのかしら？　ウサギでも熊でもリスでも鳥でもなく、猫や犬でもなくて」

そんなこと訊《き》かれたって、見当もつかない……

「おとぎ話に出てくるキツネはどんな性格？」

　ああ、そうか！

「ええと……ずる賢いやつかな？」

「そうそう！　おとぎ話に出てくるキツネは、詐欺師と相場が決まってる。『狐《きつね》物語』（中世ヨーロッパで流行った寓話詩で、キツネが主人公）では嘘つきだし、ラ・フォンテーヌ（十七世紀フランスの詩人）の『寓話』ではおべっか使いで、純朴な人たちはころっと騙《だま》されてしまう。だからキツネの口から語られる教訓には、ごまかしがあるかもしれないでしょ？　サン＝テックスはさらに念を入れている。王子さまが信頼を寄せる第二の動物は、なんとヘビなんだから。王子さまはそのヘビに、〝でもきみは、どうしていつも謎めいた話し方をするの？〟とたずねてる」

　わたしは反論しようとしたけれど、なにも思いつかなかった。そもそもアンディは、その暇《いとま》を与えてくれなかった。

「謎、また謎の連続じゃないの！　あの物語は謎に満ちている。サン＝テグジュペリの死にまつわる謎もあるし、愛人のネリ・ド・ヴォギュエが保管していた資料も謎に満ちてる。これからまだ何十年も、公表されないっていうんだから。妻だったコンスエロが受け継いだ大型トランクには、サン＝テグジュペリの個人的な秘密が詰まっていたけれど、五十年以上ものあいだ誰もそれをひらかなかった。ほかにももっと謎が欲しい？　サン＝テックスの母親が受け取った手紙のことはどう思う？　サン＝テグジュペリが行方不明になった一年後に届いたというその手紙には、〝ぼくのことなら心配しないで。ぼくはとても元気です〟と書かれていたのよ！」

アンディはひと息つく間もなくしゃべってちらりとオコを見あげ、彼の反応をうかがった。まるで彼が、サン＝テグジュペリ・アカデミー入会試験の審査委員長だとでもいうように。わたしはたずねたいことが山ほどあった。コンスエロの大型トランクについて。母親が息子の死後に受け取った手紙について。それから……しかし今度もアンディに先を越された。「あれはサン＝テックスの遺書なのよ！」と彼女は叫んだ。「彼の隠された遺書なの。誰も見つけられなかった遺書」

アンディは胸を高鳴らせているようだ。

「オコさん、クラブ６１２にわたしも入りたいです」

アンディは億万長者に渡されたメモ書きに目を落とし、もう一度、名前と住所を読んだ。マリ＝スワン、ニューヨーク市、マンハッタン島。

「あなたがたには、すぐに出発していただかないと」とカメルーン人は答えただけだった。

オコはアンディの祖父くらいの歳だろうに、とても丁寧な言葉遣いをするのがいささか驚きだった。わたしがいなくても、もうよさそうだ。妻が待っているので帰りますと告げる機会を、わたしはさっきからうかがっていた。P38ライトニング機の残骸についてさらに専門家の手を借りたいなら、また連絡してくださいと。

「いつでも準備はできています」と見習い探偵は億万長者に答えた。「あなたのヨットで行くんですか？」

オコはまたにっこりした。

「いいや」

そしてうしろの駐車場にとまっているタクシーを目で示した。

「タクシーでニューヨークまで？」アンディはびっくりしてたずねた。

「あれに乗って、マリニャーヌの空港まで行ってください。プライベート・ジェットが待っています。あなたがたの名前で、銀行口座も開設しておきました。ファルコン900機のコックピットにドル札とクレジットカード、貨物室にはクラブ612の資料も一式そろえてあります。少なくとも、わたしが持っているものはね。そのほかの資料は、あなたがたの手で集めてください。それから……（オコは先を続けるのをためらっているようだった）言っておきますが、あなたがたの任務は危険を伴うかもしれません。わたしのところに、脅迫状が届きました。どうやらサン＝テグジュペリの遺書が明らかになるのを、望まない者がいるようです。いろいろ考え合わせると、それはリストにのっている五人のうち誰かでしょう……」

おっと、まずいタイミングでオコ・ドロ脅迫の話が出てきた。今、帰りますなんて言ったら、臆病者扱いされてしまう。それでもわたしは、そろそろと数歩あとずさりした。

「どこへ行くんですか、ヌヴァンさん？」とオコはびっくりしてたずねた。

「実はその、失礼しようかと……わたしはクラブに加わる資格がなさそうですから……」

オコは心底驚いたように、わたしを引きとめた。

「おわかりじゃないんですか？　プライベート・ジェットを操縦するのは、あなたなんですよ」

8

「さようなら《アデュー》！」

わたしはカメルーン人の億万長者に託された奇妙なミッションについて、ヴェロニックに長々と説明したあと、電話を切ろうとしていた。そのとき彼女が、きっぱりとこう言ったのだ。

「さようなら《アデュー》！」

わたしとヴェロニックを結ぶ柔軟なゴム紐が、まるで断たれたかのようだった。わたしは訊き返すのをためらった。言葉は誤解のもとだと、彼女はよく言っていたから。

「どうしてアデューなんて言うんだい？　永遠の別れみたいじゃないか。ちょっと往復するだけなんだよ。その探偵をマンハッタンに送っていったら、すぐに戻ってくる。明日にはそっちに着いているさ」

「あなたは十五年も前から、飛行機の操縦をしてないのよ」

〈だからこそさ〉とは、あえて言えなかった。本当は飛びたかったし、オコ・ドロもそれに気づいていたと、飛行機の整備は飛びたい気持ちの代償だったとは言えなかった。地上の飛行機を点検してＯＫを出し、それが飛び立つのを眺めると、ぼんやりする間もなく次の飛行機が着陸する。そうやって気を紛らわせていたんだ。

わたしはただこう言っただけだった。

「とっても報酬がいいんだ」

「でも、どうしてあなたなの？　そのカメルーン人は、どうしてあなたにそのミッションを依頼したの？　なぜあなたに？」

「さあな」

嘘じゃない。本当にわからなかった。

「で、引き受けたってわけね？」

オコ・ドロに提示された金額を、ドルに換算してもう一度持ち出そうかと思ったけれど、ヴェロニックはわたしの性格をよく知っているので、そんな銀行家みたいな説明では納得しないだろう。彼女はわたしが言いよどんでいるのを見かねたのか、代わりに答えてくれた。

「あんまり不思議でたまらないことがあると、ひとはつい受け入れてしまうものよね」

おかしな返答だった。『星の王子さま』にも、同じような一節があったような気がする。たしかめてみなくては。ともかくあの本は、読み返しておかねばならない。時間はあるはずだ。十時間以上飛ぶのだから。

ヴェロニックは咳をした。てっきりなじられると思っていたので、わたしはびっくりした。わたしはあえて話を続けることも、電話を切ることもできなかった。

「いつまでもぐずぐずしてないで。いやんなっちゃう。行くと決めたんだから、さっさと行きなさい」

電話を切ったのは、彼女のほうだった。

ヴェロニックは泣いているのを、わたしに聞かれたくなかったのだろう。

9

「操縦できるの？」

アンディはファルコン９００のコックピットに入って、わたしの隣に腰かけた。

「パイロットの免許はちゃんと取ってる。十五年前にね」

「そのあと何度も飛んでるのよね？」

「一、二回かな」

それは嘘だった。本当は、一度も飛んでいない。

「忘れないものかな？」

わたしは答えなかった。計器盤の操作法を確認するのに忙しかったから。アンディは感心したようにわたしを眺め、こう続けた。

「まあ、忘れないか。好きなことは忘れないものだから。だって、忘れちゃったら寂しいよね。好きな人と同じで」

ファルコン900は今、空を飛んでいる。まるで雲のうえに、置いてあるみたいに。アンディはうたた寝をしていた。結局のところ、彼女はあんまり感心したようすもなく、ずけずけと思ったとおりを言った。飛行機の操縦は、ひと気のないまっすぐな田舎道で車を運転するより気楽そうだって。たしかにそのとおりだけれど、わたしは口に出さなかった。

「大西洋のうえまで来たら、『星の王子さま』を読んでくれないか？」

「お望みなら……ひとは誰でも人生そのときどきに、あの本を読み返すの」

アンディは目を閉じ、飛行機の振動に身をまかせた。

わたしはからかい口調で言った。

「でも忘れるなよ。目を通しておかねばならない資料が、貨物室に山積みされているんだぞ」

「それはあとでいいから」

わたしは彼女を眠らせたくなかった。

「ここ何日間も、徹夜で下準備をしたんだろ？　ブラヴォー、オコもびっくりしてたじゃないか。研修期間が終わったら、フォックス・カンパニーはきっと正式に雇ってくれるぞ」

「下準備ですって？」

アンディははっと目をあけた。

「下準備なんて、冗談じゃない。わたしはちっちゃなときから、『星の王子さま』が大好きだったのよ。専門のブログを立ちあげて、世界中のファンとも交流してる。わたしほどあの物語に詳しい人間は、この世に十人といないはず。そうしたらちょうど研修期間中に、奇妙な億万長者からフォックスに、パーカー万年筆の話が持ちこまれて……当然のことだけど、わたしはほかの誰にもまかせたくなかった」

　偶然にしてはできすぎの気もしたけれど、それはすぐに忘れた。あんまり偶然の一致が強烈だと、ひとはあえて疑わないものだから。

「それじゃあサン＝テックス学博士さん、われわれがこれからニューヨークでなにをするのか、説明してくれるかな？」

「いいですよ、飛行士さん。『星の王子さま』はサン＝テグジュペリが亡命中の一九四二年、マンハッタンで書かれたの」


　ファルコン９００は静かに飛び続けた。まるで下の雲だけが動いているかのようだった。足のしびれをなおすため、白ひげみたいな雲のうえにちょっと飛び降りられるのではないか。そんな気がするほどだ。綿のベッドが途切れたのは、大西洋の上空で、ようやく日が暮れ始めたころだった。羊飼いの星である金星があらわれるのを待って、風はヒツジを散りぢりにさせたのだろうか。

　わたしはアンディのほうに顔をむけた。

「怖くないのか？」

「どうして？　なにか怖がるべきことがあるとでも？　機体の整備が不充分だとか？」

「オコ・ドロが最後に言ってただろ。脅迫されているって……明かしてはならないサン＝テグジュペリの遺書のことで」

「怖いどころか、わくわくするけどな。違う？　あなたも気づいたでしょ。わたしたちは、オコをはじめとして六人の人物に会う。クラブ６１２の六人のメンバー全員に。そのうちひとりは、たしかに危険な相手かもしれない。星の王子さまも地球にやって来る前、六つの星を巡った。王さま、うぬぼれ屋、酒飲み、ビジネスマン、ガス灯の点灯人、地理学者の星を。今回は星が島に変わっているけれど……」

「それに王子はプライベート・ジェットではなく、渡り鳥に引かれて旅に出たんだよな」

アンディは拍手をした。

「ほら、あなただって、ちゃんと覚えていることもあるじゃない。最後の旅は、渡り鳥を使ったんじゃないけれど。地球から自分の小惑星に戻るときは……」

アンディは王子の声をまねたつもりらしく、澄んだか細い声を出した。〝いいかい。そこはとても遠すぎて、この体を運んではいけない。体はあまりに重すぎる〟。

それからアンディは、普通の声に戻って続けた。

「つまり王子さまは、わざとヘビに咬まれて……」

わたしは記憶をかき集めた。王子は地球にもうんざりして、自分の星とバラのもとに帰りたくなったのだ。アンディは自説の披露を続けた。

「ヘビはたまたま砂漠にいたんじゃないって、わたしはずっと思ってたの。何者かがそこに送ったんだって。何者かが、王子さまを咬むようヘビに命じたんだって」

「誰が？　なんのために？」

「王子さまは訪れた六つの星のどこかで、見てはいけないものを見てしまったのでは？」

10

島のダイヤモンド号はオコ・ドロが海図に引いた航路に沿って、モルジウ岬からリウ島へむかっていた。船に乗っているのは、カメルーン人の億万長者ひとりきり。彼は最後にもう一度方向をたしかめ、目の前数キロのところに広がる砂の浜辺を眺めると、自動操縦装置を始動させた。

速度と航路は定まっている。

オコ・ドロは顔をしかめて背筋を伸ばした。そしてゆっくりとふり返り、四角いボール紙の箱を甲板に置いた。差出人の筆跡を、あらためてじっくりと検討してみる。

クラブ６１２
マリ＝スワンの女性的な筆跡だろうか？　それともモイゼスのくねった字？　イザールのまっすぐで直線的な文字か、ホシの渦を巻くような東洋的な文字か？　地理学者の筆跡は、まったくわからないが。

しかし、どれにもあてはまらなかった。

オコ・ドロはもう一回箱を持って、重さをたしかめた。とても軽くて、空っぽかと思うほどだ。三つの穴に指を挿しこんでみたけれど、なんの感触もなかった。彼は思いきってあけてみることにした。そして近づいてくるリウ島を眺めた。隕石《いんせき》みたいに味気ないあの島は、サン＝テグジュペリが海に沈む前、最後に見た光景なのだろうか？

オコはボール紙の箱をひらいた。

たちまちヘビが解き放たれ、彼の喉に飛びかかった。

彼の首筋のあたりに、きらりと黄色い光が輝いただけだった。

彼は一瞬、体をこわばらせた。叫び声はあげなかった。

やがて船乗りが倒れるみたいに、静かにくずれ落ちた。

波のせいで、音ひとつしなかった。


リウ島の浜辺で抱き合う恋人たち、水遊びに興じる海水浴客、砂浜で穴を掘ったり山を作ったりしている子ども、散歩する人、ぼんやりする人、本を読む人、眠る人、サーファー。なんとかみんな、われがちに逃げおおせた。

誰もがまずはこう思った。ヨットが猛スピードで近づいてくるぞ。まるで人通りの多い道路で車を飛ばすドライバーみたいじゃないか。それからさらに、こう思った。でもぎりぎりのところでブレーキをかけ、小さな津波を起こして岸に横づけするのだろうと。ところがヨットがスピードを落とさないものだから、激突するとわかった。

みんな海中に潜ったり、岩によじのぼったり、隣の入江に避難したり、松の木にしがみついたりした……つまりはみんな、ヨットや波から逃れることができた。とそのとき、ヨットは岩にぶつかり爆発した。

うぬぼれ屋の女の島

彼女はひなげしの花みたいに、しわくちゃのまま咲くのはいやだった。どうせなら、光り輝く美しさのただなかで咲きたいから。

うぬぼれ屋の女、小惑星326

歳を取ったのが間違いだった。そういうことだ。子ども時代はあんなに幸福だったのに。

『戦う操縦士』

11

わたしは何時間も前から、大西洋のうえを飛んでいた。あいかわらずアメリカは、姿をあらわす気配がない。眼下に見えるのは、紙吹雪のように散らばる島だけ。大洋に呑みこまれそうな群島を、三万五千フィート上空から眺めていると、なんだかいらいらしてきた。どうしてだろう？ マリニャーヌの空港を出発して以来、サン＝テグジュペリが勤めていたアエロポスタル社のベテラン飛行士よろしく、自信たっぷりに操縦していたのに。空のうえで突然、これといった理由もなく不安に駆られるのが、自分でも不思議だった。さいわい、アンディはなにも気づいていない。こんな不可解なパニックにとらわれたままではいけないと、わたしは見習い探偵にたずねた。

「『星の王子さま』の話をしてくれないか。登場人物のことではなく、あの本について。一体全体どうしてサン＝テグジュペリは、ニューヨークへ行って『星の王子さま』を書いたんだ？」

アンディはコックピットのなかで両脚を伸ばした。睡眠は充分とった。バカンスに出かける車のなかで、トイレを我慢している女の子みたいだ。次のドライブインでとまって、なんてたのむつもりじゃないだろうな。

「うん……そこなんだよね、奇妙なのは……それについて書いた本は山ほどあるけれど、まあ手短に話すと、サン＝テグジュペリは一九四一年一月から、ニューヨークに亡命していたの。彼はアメリカ人がヨーロッパ戦線に無関心なのにがっかりし、フランス人が分断されているのにも絶望していた。彼自身はどちらの陣営にも与《くみ》してなかったけど、ド・ゴール派には根強い不信感を抱いていた。彼は愛すべき女性たちや、つき合いのあるフランス人名士たちに囲まれ、マンハッタンをさまよっていた。そうやって作家や俳優、画家といった人たちと、亡命者の小さなコミュニティーを作ってた……当時、サン＝テグジュペリは合衆国で小説がヒットしたおかげで、おそらく北米でもっとも有名なフランス人だった。『戦う操縦士』は、ヒトラーの『わが闘争』に対する民主主義国側からのもっともすぐれた答えだと、大西洋のむこう側では紹介されていたの。サン＝テグジュペリの本をアメリカで出していた編集者は、フレンチライターが漫画みたいな絵をしょっちゅう描いているものだから、気晴らしに童話を書かないかと持ちかけた」

わたしは眼下に見える何十もの島から目を離そうとした。

「ここまでのところ、なにも奇妙じゃなさそうだが」

「話はまだこれからよ、気短さん。サン＝テグジュペリは一九四二年、おもにその夏いっぱい費やして執筆にあたった。最初に出版されたのは英語版だったけれど、書かれたのはもちろんフランス語。サン＝テグジュペリは英語を話すのも苦手だったし。一九四三年の初め、原稿を渡したとき、彼は北アフリカに発《た》ってフランスのために戦う決意をしていた。驚きでしょ？　幻滅したフランス人作家として、すでに二年前からニューヨーク暮らしを続けていたのに、どうして戦闘機を操って命を危険にさらしたりするの？　しかも『星の王子さま』がもうすぐ出版されようというときに、そんな決心をしたなんて。一九四三年四月六日、『星の王子さま』の英語版『ザ・リトル・プリンス』がアメリカで出版された日、サン＝テックスはアメリカ軍の輸送船に乗って北アフリカにむかっていた。少なくともピエール・シュヴリエはそう語っている。サン＝テックスが亡くなった数年後に出た、初めての伝記のなかでね」

アンディはそこで間を置き、わたしの反応を待っているかのように沈黙を続けた。

「どうして、〈少なくともピエール・シュヴリエはそう語っている〉なんて言うんだい？

それは事実じゃないと？」

「それは誰にもわからない！　もちろんその後、サン＝テックスの手帖《てちょう》は、あらゆる角度から詳細に調べあげられたけど。大部分の人たちは、サン＝テグジュペリがアフリカにむけて出発したのは、四月六日の数日後、つまり『ザ・リトル・プリンス』が出たあとだったと証言している……だったらどうして彼は、英語版を一冊も携えていかなかったのか？　どうして二か月後、モロッコから編集者に宛てた手紙で、『ザ・リトル・プリンス』が無事出たのかどうかわからないなんて書いているのか？　だから驚くべきことに、疑問はまだ残っているの」

「そのピエール・シュヴリエとやらは、信頼できるのかな？」

「信頼って言葉を、どうとらえるか次第ね。そもそもピエール・シュヴリエっていうのは偽名だし。山羊飼《シュヴリエ》いなんていうおどけ者《ピエロ》っぽい名前の下に隠れていたのは、サン＝テグジュペリのパリ時代の愛人ネリ・ド・ヴォギュエだった」

「所有していた資料を二〇五三年まで公開させないと遺言した女性か。なるほど、どうもいかがわしいな……でも、サン＝テグジュペリの出征が『星の王子さま』の出版前か後かなんて、どちらでもいいのでは？」

　アンディは心底悲しげな顔をした。

「わからないの？　もしピエール・シュヴリエ、つまり愛人ネリの証言が正しいとすれば、サン＝テグジュペリには『星の王子さま』の最終校を確認する暇がなかったことになるのよ。

サン＝テグジュペリはアメリカで出版された本の初版にはたいてい、見返しページにサインをしていたけど、『星の王子さま』は英語版にも、それとほとんど同時にアメリカで出たフランス語版にも、著者のサインはまったくない。妻に対しても友人たちに対しても。奇妙だと思わない？　サン＝テグジュペリがアフリカに持っていったのは、アメリカで出たオリジナル・フランス語版の見本刷り一部だけだった。フランスで『星の王子さま』のフランス語版が出版されるのは一九四六年四月、つまりアメリカ版が出た三年後ってわけ。サン＝テグジュペリの死後、二年近くもすぎてからだった」

わが副操縦士が興奮気味にしゃべり散らすおかげで、わたしは眼下の島々を忘れることができた。

「まだよくわからないな……結局、なにが言いたいんだ？」

するとアンディは、コックピットのコンパスがすべてイカレてしまいそうな勢いで叫んだ。

「つまり世界でもっとも売れている小説は、作者が読み返す暇がないまま出版されたってこと！　『星の王子さま』の公式テクストは、サン＝テグジュペリが選んだものではなかったかもしれないの。オリジナル手稿は筆跡がほとんど解読できないうえ、サン＝テックスは線で消して訂正したり削除したりしているから……現在知られている公式のテクストは、いくつものヴァージョンから取捨選択し、書き換えたり解釈を加えたりした結果で……ちょうど聖書と同じようにね」

聖書だって？　そりゃすごい。

いくらなんでも大袈裟《おおげさ》だろう。

「『星の王子さま』が書かれたのは一九四二年で」とわたしは言った。「紀元前四千年じゃない。手稿は紙で、パピルスや粘土板じゃない。『星の王子さま』のオリジナル手稿の解読は、死海文書を解読するよりずっとやさしいはずだろう」

アンディは前方の水平線を眺め、微笑んだ。

「たぶん、そうでしょう……手稿がどこにあるのか、わかっているならば。唯一知られている『星の王子さま』のオリジナル手稿は、ニューヨークのモルガン・ライブラリーに展示されているけど。サン＝テックスがアフリカに旅立つ前に、アメリカ人ジャーナリストで愛人だったシルヴィア・ハミルトンに託したものよ」

わたしはびっくりした。

「またしても愛人か。いったい何人いたんだ？」

アンディは答えなかった。

「じゃあ、サン＝テグジュペリが北アフリカへ持っていったっていう、『星の王子さま』の見本刷りは？」

「それがどうなったのかは、まったくわからないの」とアンディは言った。「たぶん、ネリ・ド・ヴォギュエが受け継いだんでしょう。サン＝テックスはアルジェリアでも『星の王子さま』を出版できないかと、見本刷りを何人かの編集者に読んでもらったけど、編集者たちの答えはかんばしくなかった。サン＝テグジュペリみたいに堅実な作家が、こんなくだらない童話を書くなんてって、びっくりしたのよ。するとサン＝テグジュペリは、彼らにこう答えた。〝見かけは童話だけれど、これは限られた人たちにだけわかる遺書なんだ。実在の人物をモデルにして書いた小説と言ってもいい。急いで出版しなくてはいけない。その重要性を知っているのはぼくひとりなんだから〟って」

なんだか話が陰謀論めいてきたぞ。

アンディは謎めいた笑みを浮かべ、オコ・ドロに渡されたメモを広げてまた目を通した。

わたしはちょっと皮肉っぽくたずねた。

「われわれがマンハッタンで会うことになっているマリ＝スワンだが、彼女もサン＝テックスが落とした女ってわけかい？」

アンディは顔を赤くした。

「ありえないでしょ。もしそうだったら、百歳を超えてるはずじゃない。でもマリ＝スワンは、マリ＝シーニュ・クローデルと関連がありそうね」

「これまた、ご大層な名前だな。で、何者なんだ、マリ＝シーニュとやらは？」

「作家のポール・クローデルの孫娘よ。シーニュのつづりは Sygne。白鳥《シーニュ》は Cygne とつづるけど、祖父は白鳥の首がCよりSに似てると思って、そういう名前にしたんですって」

「おじいちゃんの言うとおりだ。そりゃ反論の余地がない。それで、サン＝テックスとの関係は？」

「サン＝テグジュペリは一九四一年、ニューヨークに着くと、よくクローデル宅へ夕食をとりに行くようになったの。そして当時四歳だった孫娘のマリ＝シーニュと、何時間も遊んだ……サン＝テグジュペリは彼女のためにお話を作ったり、紙切れに絵を描いたりしてあげたの。キツネを呑みこむ大蛇のボアとか星の絵を……そのうち何枚かは、まだ残っている。四歳のマリ＝シーニュが王子さまのモデルになった可能性も、もしかしたらあるんじゃないかな」

「サン＝テックスが出会った子どもはみんな、そうかもしれないけどね」さらに謎が謎を呼ぶようにと、わたしはそう言った。

わたしたちはあいかわらず、群島のうえを飛んでいた。奇妙な不安感が続いていたものの、アンディと話しているおかげでストレスを隠せた。少なくとも、自分ではそう思っていた。

「やけにいらいらしてるみたいだけど、どうして？」

「いや、その……」

アンディはしつこくたずねた。

「どうしてさっきから、下ばかり見てるのよ？」

しかたない。わたしはしどろもどろになりながら、下の島々を指さした。

「今、バミューダ・トライアングルのうえを飛んでいるんだ」

12

マリ＝スワンはバスケットのなかで寝ている小犬を見つめた。縮れた毛が、まるでヒツジのようだ。黒いヒツジ。マリ＝スワンは車椅子に腰かけたまま、ゆっくりと居間を移動した。アパートメントの窓際に近寄り、八十階の高さからマンハッタンを眺める。これから約一分かけて、エンパイアステートビルの八十平方メートルあるスイートルームをひとまわりする。マリ＝スワンはこんなふうに車椅子に腰かけ、町の明かりを眺めるのが好きだった。アリに囲まれた巨人の気分だ。そしてなによりも好きなのは、やがて日が暮れ、窓ガラスに映る自分の顔を見ることだった。顔は星々のなかに紛れ、まるで町中が見とれているようだ。

マリ＝スワンは大きなガラス板に映った自分の姿をためつすがめつし、かぶっていた薄紫色の小さな帽子を脱いだ。

するといきなり犬がバスケットのなかで立ちあがり、吠《ほ》え始めた。

「ありがとう、アニバル」

車椅子に乗った老婦人の視線は、しわだらけの顔を見たくないとでもいうように、窓のむこうへ抜けていった。彼女はしばらくそんなふうにぼんやりしていたが、やがてまた帽子をかぶった。

アニバルがすぐに吠えた。

マリ＝スワンは小犬をふり返った。

「心からわたしを賞賛してくれるのね」

アニバルは角砂糖をもらえないか、撫《な》でてもらえないかと待ちかまえている。

「おまえだけだわ」

老婦人は車椅子を後退させ、窓から離れた。星空をひっくり返したような町の夜景も、もうこれくらいで充分。彼女は壁にずらりとかかった額縁の前でとまった。

大好きな飛行士の姿を、しばらくじっと眺める。彼のモノクロ写真は、カラーの水彩画に囲まれていた。

ハンサムな飛行士は歳を取らない。着ている軍服も古びない。二つの目に宿る哀愁が癒されることはない。

そのかたわらにいる彼女は五歳。

少し先の写真に写る彼女は二十歳。光り輝き、野心的で、魅惑的。

別の壁面には、四十歳の彼女がいた。結婚し、賞賛され、羨まれる彼女が。

窓の近く、ストーブのうえには六十歳の彼女。エレガントで、印象的で、気難しそう。

そして窓に映っている彼女は八十歳だった。

マリ＝スワンは帽子を脱ぎ、優雅なしぐさで脇に置いた。アニバルがきゃんきゃん吠えた。

それから彼女は化粧用具のケースを膝に置き、窓ガラスに顔を映して化粧を始めた。ゲランの香水〈夜間飛行〉を数滴、首筋にたらす。当時は大評判になった香水だが、今ではもうつける者はいない。化粧の仕方を心得ている人だって、もういないわ。着こなしもそう。帽子のかぶり方ひとつわかってない。

マリ＝スワンはもう一度帽子をかぶりなおした。紫色の瞼《まぶた》にかかる紫色の帽子を。

「ワン」とアニバルは鳴いてＯＫを出した。

「ありがとう、アニー」

彼女は最後にもう一度軍服姿の飛行士に目をやり、車椅子をテーブルに近づけた。シドニー・ポワチエ似のハンサムな黒人のメッセンジャーが持ってきた白い四角い箱が、そこに置いてある。

マリ＝スワン・ジェイムズ
ニューヨーク市、マンハッタン島、五番街
エンパイアステートビル八十階

あけてみる？

彼女はためらった。いえ、まだやめておこう。訪問者を待つのが先だ。

ドアにかかっている大きな鏡をじっと見つめた。馬鹿げた習慣だけど、鏡に映してみないと気がすまなかった。帰宅したときも、ひとを迎えるときも、外出するときも。

紫色の帽子は藍色のドレスと、まったく合っていないわ！　彼女は帽子をカーペットのうえに投げ出し、別の帽子を試そうと寝室に車椅子を走らせた。

そのほうがいいとばかりにアニバルが吠えた。

「おまえの言うとおりね、子ヒツジちゃん。こんな白アリの巣のなかでは、今でもわたしがいちばんきれいだわ」

13

「バミューダ・トライアングル？」

アンディは小さくぷっと吹き出した。その声は、ファルコン９００のジェットエンジンの騒音を一瞬かき消した。彼女はからかうような口調で言葉を続けた。

「さっきまでわたしのことを、星の王子さま信者だって馬鹿にしてたんじゃないの？　小惑星Ｂ６１２の謎なんてたわごとを言ってるって。飛行士さん、そのあなたがバミューダ・トライアングルを怖がるなんて！」

わたしは口ごもった。けれどわが副操縦士の笑い声がころころと響くのは、とても心地よかった。

「でも……」

アンディは鈴を転がすような声で言葉を続けた。

「だってサン＝テグジュペリはこの海域のうえを何十回となく飛んでいるのに、なにも危ない目には遭ってないんだから」

　老教授の気分でのんびりかまえたら、指先を麻痺《まひ》させる奇妙な不安も消えていった。わたしは飛行機の下に消え始めた群島を手で示した。

「ただの伝説じゃない……多くの船乗りがここで行方不明になっている……生死の痕跡をなにひとつ残さないで」

「サン＝テックスみたいに？　じゃあ、続けて！　今度はあなたのご高説を拝聴するから」

「バミューダ諸島は大西洋の真ん中にある約三百の島々からなっていて、赤道からもっとも離れた環礁だ。広大な珊瑚《さんご》の台地では、水が浅い部分と水深千五百メートル以上の淵《ふち》が隣り合っている。潮の具合で、島はあらわれたりまた消えたりするし、暗礁もあれば洞窟もあり、もちろん火山の噴火や海中から発する光もある。コンパスが利かなくなるほど磁気の強い海域のなかに、いくつも岩が突き出ているんだ」

「ブラヴォー、地理にかけてはサン＝テックスに劣らず物知りね」アンディはそう言って、紺碧《こんぺき》のシーツに刺したピンの頭ほどの大きさになったバミューダ諸島を眺めた。それから、震えるわたしの手を笑ってじっと見つめた。「さいわいこんなに空高く飛んでれば、なんの危険もないでしょ」

「気をつけないと！　この地域では、船と同じくらい飛行機も行方不明になっているから」

　行方不明の飛行機と聞いただけで、アンディは考えこんでしまった。わたしも奇妙な連想に勢いづいて、いっきに話を続けた。

「行方不明といえば、ひとつ頭を悩ませている問題があるんだ。サン＝テグジュペリは地中海上空で撃墜され、死亡した。なるほど、それはそうかもしれない。たとえ遺体が見つかっていなくてもね。しかし、星の王子さまが死んだっていう証拠があったろうか？　誰が星の王子さまを殺したのかを、われわれ二人は調査している。大金をもらってね。けれども、どうして殺人事件だと言いきれるのかな？（アンディが感心したようにこっちを見るものだから、わたしは勢いづいた）ぼくの記憶によれば、王子はバラと再会するため、おとなしく自分の星に帰ったはずだ。肉体という殻を捨てただけで、一種のテレポーテーションで……」

アンディはおもちゃのウサギみたいに、ぱちぱちと拍手した。

「またしてもブラヴォーね！　あなたの記憶どおりよ、先生。あなたと同じように思っている読者はたくさんいる。『星の王子さま』はハッピーエンドのかわいらしい童話で、主人公は死んでない。自分の小惑星に戻って、庭いじりをしているだけなんだって」

「きみはどうなんだ？」

「わたしも初めはそう思ってた。王子さまはヒツジやバラといっしょに、満天の星のなかで暮らす友だちなんだって。最初にざっと読んだときには、そんな楽しい印象が残るけど……サン＝テグジュペリはたくさんの手がかりをばら撒いているから、疑いの余地はない。王子さまはたしかに死んだのよ」

「なるほど、刑事さん。じゃあ、証明してもらおうか」

アンディはじっと集中するかのように目を細め、彼女には大きすぎるシートのうえで体を丸めた。

「オーケー。証拠はこう。まずは王子さまがとてもおかしなやり方で地球に降り立ったとき、最初に出会ったのはヘビだった。すると六つの小惑星で見てきた愉快な喜劇が、たちまち悲劇に変わってしまう。〝おれは触れた者を、土に還《かえ》してしまう。ひとがそこから出てきた土に〟ってヘビは言う。死は恐ろしい口調で、あからさまに予告されているじゃない。その少し先では、王子さまはもう一度バラ園のバラたちに会いに行き、こう告げている。〝きみたちはきれいだけれど、空っぽさ。誰もきみたちのために死のうとは思わない〟と。つまり王子さまは、自分のバラのためならいつでも死ねると、そして実際にそうすると、明らかにほのめかしている。さらに数ページ先で、王子さまは飛行士に打ち明けてる。〝友だちができたっていうのは、すばらしいことだよ。たとえもうすぐ死んじゃうとしても〟ってね。サン＝テグジュペリの意図は明々白々でしょ」

「でもたしかそのあと、王子はこんなことを言っていたと思うが。〝ぼくは死んだようになるけど、本当に死ぬわけじゃないんだ〟と」

「そう……王子さまはヘビに咬まれる晩、友だちの飛行士に言っている。〝今夜……来てはだめだよ……きみもつらいだろうから〟って。さらに王子さまはこう続けてる。〝いいかい。そこはとても遠すぎて、この体を運んではいけない。体はあまりに重すぎる〟。たしかに王子さまは、〝ぼくは死んだようになるけど、本当に死ぬわけじゃないんだ〟と言っているけれど、やがて黙ってしまう。なぜなら王子さまは泣き出したから……そしてすわりこむ。なぜなら怖いから。そして、黄色い光が輝く。自分の星に戻って、バラと再会するために旅立つのだとしたら、どうして王子さまは泣いていたんだろう？　どうして王子さまは怖かったのか？　王子さまは自分が死ぬことを、知っていたからだと思うな。自分の体が砂のなかに倒れこむことを知っていたんだ。けれど友人を心配させないよう、死体ではなくて脱ぎ捨てられた古い殻だと言った。天国ではなく星の話をした」

わたしはアンディの目頭に、涙の粒がたまっているのに気づいた。そのときになって初めて、サン＝テグジュペリの失踪と彼が描いた金髪の少年の失踪が、どんなによく似ているかに気づいた。沈黙を払いのけようにも、言うべき言葉がなかなか見つからなかった。

わたしたちはなにもない海のうえを飛び続けた……やがて大陸の最初の光がようやくあらわれた。何千もの光が。茫漠《ぼうばく》とした大洋だけを眺め続けてきたあとだけに、コントラストが強烈だった。まるでアメリカ人がみんな、東海岸に集まったかのようだ。

アメリカ発見の感動で、アンディの涙も乾いた。

「人間たちは地球上で、ほんのわずかな場所を占めているだけなのよね」と彼女は言った。「サン＝テグジュペリは『星の王子さま』のなかでこう書いている。地球には二十億の住人がいるけれど、もし彼らが集会のときみたいに、あいだを詰めて立っていれば、広場に楽におさまる。太平洋のちっぽけな島にだって、押しこめられるかもしれないって」

ちょうど摩天楼のうえを飛び始めたところだったので、わたしはこう応えた。

「あるいはマンハッタン島にもね」

14

「もっと超スピードで押してちょうだい」とマリ＝スワンは言った。「あなた、パイロットなんでしょ？」

わたしはマンハッタンの通りで、老婦人の車椅子を操った。セントラルパークに沿って進んでいた。歩道沿いに立つ大きな楡《にれ》の木も、正面にそびえるビルの影のなかでは、まるでこびとのようだった。アンディはうしろから、小走りについてくる。わたしたちはオコ・ドロの名前を出して、ニューヨーカーの老婦人に連絡を取った。マリ＝スワンはその機を逃さず、町を案内してあげると言って従順な運転手に車椅子を押させた。彼女は通行人に挨拶しながら、ビートルズの「ドライブ・マイ・カー」をハミングしている。アニバルはご主人が帽子をあげるたび、膝のうえで吠えた。

「ストップ！」とマリ＝スワンは突然言った。

セントラルパーク南二四〇番の前でとまった。

「いい反射神経をしてるわね」とマリ＝スワンは言って手をあげ、ビルを指さした。

わたしはアンディと目くばせをし合った。老婦人はとてもエレガントなだけでなく、自制心と気骨も備えているようだ。

「ここなの」と彼女は説明した。「ここの二十八階に、サン＝テグジュペリは二年間部屋を借りていた。彼はそこで『星の王子さま』を書いたのよ。彼に会いによく来たものだわ。セントラルパークの真上にあるバルコニーに陣取って、通行人にむけて水の爆弾を落としたりして。あれは一九四二年の夏で、まだ魔女のコンスエロがロングアイランドの海辺にあるお気に入りの家ベヴィン・ハウスに彼を連れていく前のことだった。まるでここでは執筆できないかのように。でも、いいこと、彼はすぐに戻ってきたのよ」

わたしたちはみな、茶色のありふれた汚らしいビルを見つめた。

マリ＝スワンは車椅子の握りをたたいた。

「さあ、眠っちゃだめ。行くわよ、まっすぐ進んで」

わたしたちはエンパイアステートビルにむかった。広い歩道で、ジョギングをする男とすれ違った。筋骨たくましい裸の上半身に汗を滴らせ、ボクサー犬を脇に従え走っている。マリ＝スワンはひゅうっと小さな声をあげ、帽子を取った。アニバルが吠える。ボクサー犬も吠える。走る男だけがふり返らなかった。

「みんな、とても礼儀知らずになってしまったわ」とマリ＝スワンは言った。

さらにたっぷり一キロ行った先のエンパイアステートビルの下で、わたしは車椅子の車輪をロックした。ガラス扉越しにのぞくと、大理石のタイルが続く先に金色のエレベータが見えた。マリ＝スワンは首をねじった。

「ここよ。ここがわたしのアパートメント。アントワーヌといっしょに窓から紙飛行機を飛ばして遊んだもんだわ。飛行機は錐《きり》もみしながら落ちていき、三回転宙がえりをして排水溝に落下する……トニオも同じ！　彼は注意力散漫で、パイロットにはむかなかったのよ。そう思わない？　子どもに飛行機を操縦させるようなものだわ！」

　マリ＝スワンは、エンパイアステートビルから出てきた三人のシックなご婦人に一礼した。こんにちはという挨拶と、きゃんきゃんという小型犬の鳴き声が、それぞれ三回繰り返される。

　アンディはチビ犬たちの合唱が終わるのを聞き遂げると、老婦人の前に立った。

「あなたは本当にアントワーヌ・ド・サン＝テグジュペリと知り合いだったんですか？」

　マリ＝スワンはにっこりした。

「もちろんよ、お嬢ちゃん。信じてないの？　トニオがあの本を書けたのは、わたしのおかげなんですから。もっとはっきり言いましょうか？　星の王子さまはわたしなのよ」

　老婦人はプラチナ色の髪に手をあてた。

「小麦色の金髪、それはわたしだった。何百万もの鈴が鳴るような笑み、それはわたしの笑みだった。自筆の水彩画、彼はそれをわたしのために描いた。まだ何枚か、持ってるわ」

　マリ＝スワンはドアがきしむような笑い声をあげ、車椅子の金属製の握りに指輪を三回打ちつけた。

「行く《ゴー》わよ、運転手《ドライバー》さん！　目的地はパーク・アヴェニュー」

　マンハッタンの大通り沿いに進みながら、マリ＝スワンはすれ違う人ひとりひとりに挨拶をした。そのたびにアニバルが吠えるものだから、通行人たちはちょっと驚いておかしそうにふり返った。マリ＝スワンは脇を歩いているアンディをじろじろ眺めた。

「信じられないわね。そうでしょ？　わたしはあなたより四倍も歳を取ってるのに、ハンサムな青年たちはみんなわたしのほうをふり返ってる。あなた、もっと服装に気をつけたらどう？　お嬢ちゃん」

そのときばかりは、わたしもミス・アングリー＝スワンに賛成だった。そりゃまあ、オレンジ色のトレーニングウェアに房のついたマフラー姿のアンディが赤面するさまも、なかなか悪くなかったけれど。

わたしたちはマディソン・アヴェニューの歩道を進んだ。服飾店やら宝石店やら、いずれ劣らず高級な店が並んでいる。値段にびっくりしたアンディをからかうように、マリ＝スワンは言った。

「どれも安っぽい装飾品だけど、みんなわたしにつけてもらいたくてプレゼントしてくれるのよ」

それから彼女はこう続けた。

「さあ、到着」

マリ＝スワンは目をあげた。

「パーク・アヴェニュー。星の王子さまマンハッタン・ツアーの最終地。ここにシルヴィア・ハミルトンが住んでたの」

「彼の愛人の？」わたしはぽろりとそう言ってしまった。

マリ＝スワンは聞こえなかったふりをした。

「サン＝テグジュペリの大切な女友だちよ。若くて、美人で。シルヴィアはフランス語が話せなかったし、サン＝テグジュペリは英語が話せなかった。でも彼女は、サン＝テグジュペリに渡された『星の王子さま』の手稿を、朝になるとひとに訳してもらい読んでいた。サン＝テグジュペリは彼女の家で夜をすごした。執筆していたのよ、ひと晩じゅう。彼は『星の王子さま』の大部分をここで書いた。ベヴィン・ハウスじゃなくて。それが証拠に、サン＝テグジュペリはアルジェに発つ直前、『星の王子さま』のオリジナル手稿を妻のコンスエロではなく、シルヴィア・ハミルトンに託したのよ。その手稿は今、このすぐ近くにあるモルガン・ライブラリーに展示されているわ」

わたしは素朴な疑問をぶつけた。

「だったらサン＝テグジュペリが『星の王子さま』のインスピレーションを受けたのは、そのシルヴィアからじゃないんですか？」

アングリー＝スワンは指輪で、わたしの指をたたいた。

「無礼は許しませんよ、坊や。言ったでしょ、彼のたったひとりのミューズ、それはわたしだって。トニオはたしかにシルヴィアの家で『星の王子さま』を書いたかもしれないけど、彼女はただの一行だって彼に霊感を与えたりしてないわ……（マリ＝スワンは、膝に乗せたアニバルを撫でながらつけ加えた）そりゃまあ、彼女が飼っていた犬のモカは、ヒツジに似ていたかもしれないけど」

マリ＝スワンは川沿いに建ち並ぶビルのシルエットにちらりと目をやり、それからアンディのほうにむきなおった。女探偵が背後で皮肉っぽい笑みを浮かべているのを、見抜いたかのように。

「わたしの言うことが信じられないの？　お嬢ちゃん」マリ＝スワンは叱りつけるように言った。「わたしが彼のミューズだったっていうのが、そんなにおかしいかしら？　あなたはサン＝テグジュペリについて書かれた本を、すべて読んだのよね。そういうろくでもない伝記のなかで、誰もわたしについて触れてないから、わたしの言うことが信じられないって？　あなたはそんなお馬鹿さんじゃなさそうだもの、よく考えてごらんなさい。そんな自称専門家たちはトニオが子どもだったことを忘れているのよ。彼は大人たちをまったく信頼していなかった。とりわけ、彼が好んでつき合った有名人たちを。夜を共にした女たちは、さらに信頼していなかった。大人はひとりでは、なんにもわからないってこと。その証拠に、トニオは文学史上もっとも重要な作品を書いていたのに、まわりの大人たちはそれをくだらないいたずら書き程度に思っていたんだから。いたずら書きだなんて！　あの作品がどんなに重要なものか、誰も理解できなかったのよ！　わたし以外はね。子どもだったわたし、彼がたったひとり、本当に愛したわたし、彼と遊んでいたわたし、彼を笑わせたわたし以外は……」

頭のなかで計算してみた。アンディも同じことをしているらしい。一九四三年、マリ＝スワンは六歳ほどだったはずだ……けれども今、おいくつですかなんて、老婦人に訊けるわけない。とりわけ、マリ＝スワンには。

うしろのカフェのテラス席で、恋人らしいカップルがむき合って腰かけ、それぞれ自分の携帯電話を眺めている。

愛するとは、
共に同じ方向を見つめることだ。

マリ＝スワンはエンパイアステートビルの最上階を見あげながら、独演会を続けた。

「トニオはニューヨークに到着したとき、とっても楽しげだった。まさに子ども！　大きな子どもよ。いつも笑って、煙草を吸って、遊んで、絵を描いて……とっても有名なこのフランス人、戦う操縦士にして誠実な作家は、大きすぎる町と戦火の世界に迷いこんだ小さな少年だった。彼があんまり陽気なのを見て、編集者や友人、女たち、まわりの大人たちはみんな、おとぎ話を書いたらいいと彼に勧めた。彼が暇を持てあまさないよう、楽しくて陽気なおとぎ話を。そこでサン＝テグジュペリが書いたのが、『星の王子さま』だった。ただしそれは、おとぎ話ではなかった。だってトニオは、またしても悲しみに沈んでいたのだから。彼はもうわたしといっしょに窓から紙飛行機を飛ばしたり、水爆弾を落としたりしなかった。彼は本物の爆弾を落とし、鉄製の飛行機を操縦したかった。戦争に戻りたかったのよ」

「どうして？」とアンディがたずねた。「死ぬためにですか？」

マリ＝スワンはアンディの質問に驚いたようだった。

「戦死するために？　とんでもない！　トニオは大きな子どもだった。まだそれがわからないの？　つまり……あの大きな子どもは地中海へ戦いに出かけたとき……すでに死んでいたの」


するとアンディは、ほとんど叫ぶようにたずねた。

「どうしてそれがわかるんです？」

「書いてあるからよ。字は読めるんでしょ？」

「どこに？」

「『星の王子さま』のなかに決まってるわ、お嬢ちゃん。星の王子さま、それは子どものサン＝テグジュペリ。そしてサン＝テグジュペリが、星の王子さまを殺した」

15

わたしたちはカフェ・アーノルドの静かな片隅に腰かけた。セントラルパークに夕闇が迫り始めた。何十人ものネクタイを締めたビジネスマンやうぬぼれ屋たちがやって来てはビールを空け、われこそはと自己主張の声をあげている。アンディはギネスをひと口飲み、喧騒《けんそう》のなかでも声が聞こえるようこちらににじり寄った。

「それでもし、マリ＝スワンおばあちゃんの説が正しいとしたら？」彼女は自問するように言った。「もし王子さまを殺したのが六つの小惑星の六人の住人ではなく、バラでもキツネでもヘビでもなく、読者が誰ひとり疑わなかった人物、つまり語り手だったとしたら！　パイロット、つまりサン＝テグジュペリ本人だったとしたら！　これはもう、アガサ・クリスティ以上の衝撃よね。犯人は語り手だった。そしてこの作品は自伝的虚構《オートフィクション》なんだから、犯人は作者だってことになる。彼は生み出したばかりの、自分の分身である子どもを殺した。筋は通ってる。たしかに筋はきちんと通っているけど……」

アンディは白い紙に、特徴的な丸文字で大きくメモした。

王子さまを殺したのは飛行士だった。

若い探偵の唇のうえに、ビールの泡がきれいな口ひげを作っている。指でぬぐってあげようかと思ったけれど、迷った挙句やめておき、カフェの古めかしい装飾を眺めた。もちろんアンディがわたしをこのバーに連れてきたのは、偶然ではない。ここは第二次世界大戦中、亡命フランス人たちのたまり場になっていたのだ。編集者のユージン・レイナルとその妻が、サン＝テグジュペリに子どものためのお話を依頼したのも、まさにこの店でだった。

今度はわたしが、黒ビールをぐいっと飲んだ。なるほどアンディがなにか考え始めたら、中断させるのは無理らしい。

「クラブ６１２のことを、調べてみるべきだったんじゃないかな？」

古いジュークボックスから、「ばら色の人生《ラ・ヴィ・アン・ローズ》」が流れてくる。アンディはわたしの言葉など耳に入らなかったかのように、こう続けた。

「あのおしゃべり婆さんにはいらいらさせられるけど、たしかに彼女の言うとおりかも。星の王子さまと操縦士は、同じひとりの人物だった。サン＝テックスは静かな砂漠のなかで、自分自身に語りかけていた。そうよ、もうひとつ証拠があるし。サン＝テックスはアルジェリアに着くと、名の明かされない女性にすばらしい手紙を書いている……オランとアルジェのあいだでたまたますれ違った、若い看護師に」

「またしても新たな愛人かい？」

「いいえ、彼女はサン＝テグジュペリの誘惑に屈しなかったようね。サン＝テックスはなんとか口説き落とそうと、情熱的な手紙のサインに星の王子さまの顔を添えているの。自分の代わりに王子さまに語らせている。星の王子さま、それはサン＝テグジュペリ自身だった！」

　わたしは腕時計に目をやった。家に電話しないと。時差がどうなっているのか、計算できなかったけれど、ヴェロニックが心配しているはずだ。アンディは悠然としている。

「サン＝テグジュペリの子ども時代、それが鍵でしょうね。とりわけ忘れてならないのは、リウ島沖で例のやっかいなブレスレットが見つかるまでの五十年以上、みんなが信じていた仮説によれば、サン＝テックスは飛行計画から少し離れ、母親の屋敷の上空を飛んでいったらしいってこと。子ども時代をすごした場所を、最後にもう一度空から眺めるために。死ぬ前にもう一度、子どものころのあだ名〈月つき《ピック＝ラ＝リュヌ》〉に別れを告げるために……サン＝テックスのもっとも美しい思い出は、アゲーにあったの。妹のディディはアゲーに住んでいたし、コンスエロと結婚したのもその城だった……でも城は、ドイツ軍によって破壊されてしまった。サン＝テグジュペリの過去の痕跡は、戦争をする大人たちによって爆撃を受け、この地上から消し去られる。これもまた、偶然の一致ってこと？」

わたしはギネスを空けた。電話をしなければならないのに、立ちあがるのがためらわれた。アンディは手さげカバンをごそごそやって、手書きのメモの束を取り出した。

「ほら、ここに書いてある。読めばわかるから、ヌヴァン」

もうわかっていると言う暇はなかった。

「サン＝テックスはもっとも美しい手紙を、母親に書いている。とっても悲観的な手紙だけど、そこで彼は子ども時代のことを繰り返し語ってるの」

わたしが答える前に、アンディの小さなか細い声がサン＝テックスの言葉を読みあげた。

たったひとつの冷たい泉、
ぼくは子ども時代の思い出のなかに、それを見出します。
ぼくたちが考えた遊びの世界はいつも、
現実世界よりもずっと本当らしく思えます。

ぼくの人生は、あのときで終わってしまったのかもしれません。

「どう？　わかった？　まさしくサン＝テックスは、大人たちのあいだに迷いこんだ子どもだったのよ。知ってた？　王子さまが初めてあらわれたのは一九三九年、『人間の大地』のなかだったって。そこでは、サン＝テックスが三等列車で乗り合わせたポーランド人労働者の両親のあいだで眠る子どもの姿だったけれど。サン＝テックスはこの〝伝説の王子〟に、〝少年のモーツァルト〟に心動かされた。〝彼もまたほかの者たちと同じく、プレス機械に押しつぶされるだろう〟と思って。虐殺された子ども。またしてもこれ！　ヌヴァン、『星の王子さま』を誰にもまして賞賛した人物、誰だか知っている？」

「ええと、それは……きみかな」

「馬鹿なこと言ってないで。本が出てから数年後、ここ合衆国で有名になる人」

「ええと……」

「永遠の少年で、彼もまた大人の年齢になる前に、突然死んでしまった」

「うーん……」

アンディはいっきにギネスを空けた。

「ジェームズ・ディーンよ！　ジェームズ・ディーンは『星の王子さま』の大ファンで、その役を演じたいと思っていた。本が出版されたときは十二歳で、夢を実現させないうちに、二十四歳で死んでしまう。星の王子さまピーターパン・シンドロームみたいなもの。マイケル・ジャクソンのネヴァーランド……マイケルの追悼式で、友人たちは『星の王子さま』の一節を朗読したそうよ」

アンディはあいかわらず、ゆったりとかまえている。もう一杯、ビールを注文するんじゃないかと、わたしは心配になった。ここは彼女が手っ取り早く答えられる、適当な質問をしよう。

「サン゠テグジュペリには子どもがいなかったんだよね？」

「ええ……欲しがってはいたみたいだけど……少なくとも手紙のなかで、そう言っているのよ」

「オーケー、じゃあまとめてみよう。動機はわかった。象徴的な殺人。サン゠テグジュペリは自分のなかの子どもを殺した」

アンディはじっと考えこんでいた。初めは黙って、それから大声に出して。

「彼は『星の王子さま』の原稿を出版社に渡し、フランスのために戦う決意でアメリカを発った。出版を待たずに出発したの。まるでそう決めていたかのように。子どもを見捨て、不条理な大人たちの世界を受け入れようと。最悪の不条理、つまりは世界的な戦争を受け入れようと（アンディは空のビールジョッキをがんとテーブルに打ちつけた）。理屈は通ってる。飛行士がひとり生きのびて、大人の義務に立ちむかえるよう、王子さまは死んでいった。〝ヘビに咬まれる前に王子さまが真っ先に考えたのは、サン゠テックスを守ることだった。〝ヘビは一回咬むと、毒がなくなるんだ〟と王子さまは言っている。つまりひとりが死なければば、もうひとりは自由になれないってことを暗に示している。ぼくは自分のなかの王子を殺して戦いに赴くんだってことを」

わたしは感動してアンディの話を聞いていた。カフェ・アーノルドにいる何十人ものネクタイ姿のビジネスマンやうぬぼれ屋たちを見まわした。彼らも自分のなかの王子さまを殺して、戦いに赴いたのだろうか。わたし自身も、王子を殺したのでは？　だとしたら、それはただ……

アンディはそんな思いを蹴散らすように、わたしを押しのけ立ちあがった。

「さあさあ、寝る時間よ。明日の朝は早いんだから」

「でも、マリ＝スワンとの待ち合わせは午後だろ？」

今日は老婦人に、うまくはぐらかされてしまった。マンハッタンの散歩が終わるころ合いを見て、オコ・ドロについてたずねた。彼のもとに届いたという脅迫状の話もした。するとマリ＝スワンは、もう疲れたからと答えた。しかし明日、昼食のあとにもう一度寄ってもらえれば、クラブ６１２についてなにもかも話すと。

彼女を散歩に連れ出すという条件で！

わたしはひと晩じゅう、ジェット機を操縦していたんだ。明日は午後から始めよう。午前中はうだうだすごしたっていいじゃないか……

「早起きするの」とアンディは繰り返した。「どうしても。明日の朝は、モルガン・ライブラリーに行くんだから！」

16

マリ＝スワンは生涯のうちで、あのときほど嬉《うれ》しかったことはなかった。彼女は両親がくれた本を、小さな手に取った。ぱらぱらとページをめくって、カラーの挿絵を眺めた。とりわけ気に入ったのが、バラやバオバブが生えている星の絵だった。彼女は大急ぎで自分の部屋に駆けこみ、本を読み始めた。もう字は読める。二か月前に、六歳になったんだし。まずは表紙のタイトルを読み返した。『星の王子さま《ザ・リトル・プリンス》《ムッシュー》』。それからページのあいだに挟んだ紙を抜き取った。大きな体をしたフランス人の男の人がペンで描いた小さな星の絵を、うっとりと眺める。それに彼が手書きした言葉も。彼がわたしのために、わたしひとりのために書いた言葉だ。

　これはマリ＝スワンが生まれる前に住んでいた星です。

　マリ＝スワンが出ていくと、星は輝きをなくしてしまいました。

彼女はいちばん大切な宝物のように、本を胸に抱きしめた。今でも覚えている。

この本も大きな体をしたあのフランス人が、わたしのために、わたしひとりのために書いたのだ。彼は長い腕でわたしを抱きあげ、飛行機みたいにくるくるまわしながらそう言った。

パパもママも、そんなふうにしてくれたことはなかった。大きな体をしたフランス人は夕食にやって来ると、いつも時間を取ってお話を聞かせてくれた。わたしはフランス語がぜんぜんわからないので、アニメの登場人物みたいに身ぶり手ぶりを交えて。それから彼は、しょっちゅう絵を描いていた。とりわけわたしみたいに金色の髪をした、不思議な男の子の絵を。髪がくしゃくしゃなところは、わたしと違う。ママは毎朝三時間かけて、わたしの髪を梳《と》かすんだもの。

だけど今日はもう、大きな体をしたフランス人はわたしを見ていない。ほかの大人たちといっしょに食卓につき、政治とか戦争とか、わたしにはわからない難しい話をしている。彼はよく飲み、よくしゃべった。彼は有名人で、大人が読む本を何冊も書いているのは知っている。立ちあがって、わたしといっしょに楽しく遊んでくれればいいのに。思いきって自分からねだりたかった。次に彼が来たときは、そうしてみよう。彼はよく来るから。前回、彼の前で礼儀正しくベレー帽を脱ぐと、かわいいねと言ってくれた。小麦のような金髪だ、五億個の星が笑ったような笑顔だって。そのあと、彼は大人たちと議論をしに行ってしまった。そう、次はねだってみよう。本の話をしてくれるように。わたしにわからないことを説明してくれるように。わたしに新しい絵を描いてくれるように。

でも、彼は二度と来なかった。

ある日、勇気を奮い起こしてママにたずねた。大きな体のフランス人はどうしてもう来ないのか、彼の本を買ってくれたあと、どうしてずっと彼に会えないのかと。ママはわたしの前にしゃがみ、真剣な目でわたしを見つめた。
「あの人はね、戦争に行ったのよ。もう、戻ってこないわ。もう、二度と」

マリ＝スワンはこのときの『星の王子さま《ザ・リトル・プリンス》』を、生涯大事に取っていた。サン＝テグジュペリが彼女に宛てた献辞もページのあいだに挟みこみ、けっしてなくさなかった。青春時代をすごした五番街の部屋、近代美術館近くの部屋には、ジェームズ・ディーンのポスターを張った。彼ほど美しい青年はいないだろう。けれど大事なのは美しさじゃなく精神だ。サン＝テグジュペリほど精神の高みに達した青年はいない。マリ＝スワンは彼に恋していた。

そしてサン＝テグジュペリに関するあらゆる資料、本、手紙を集めた。こうしてマリ＝スワンは、サン＝テグジュペリの作品に関する世界有数の専門家になった。愛人たちの名前を知ったときには、がっかりしたけれど。それにサン＝テグジュペリがある文章のなかで、英語を学ぶつもりはないと告白しているのを知ったときにも。身ぶり手ぶりで話す彼の姿にアメリカ人たちはにっこりする。だから、その笑みを失いたくないというのだ。サン＝テグジュペリは幼い女の子の笑みよりも、大人の女たちの微笑みを好んだのだと知って、彼女は落胆した。

三十二歳のとき、マリ＝スワンは着工したばかりの世界貿易センターツインタワーの真正面にあるセント＝ポール教会で、裕福な実業家と結婚した。ブリッジやゴルフ、政治やネクタイが好きな男だ。マリ＝スワンは絵を描き、自分を語り、詩や散文を書き、作曲をしたり展覧会を催したりした。優雅に帽子を脱ぎながらギャラリーに入っていくとき、友人たちが口にする誉《ほ》め言葉が好きだった。残りの服も全部脱ぐとき、愛人たちが口にする誉め言葉も好きだった。夫の実業家も愛していた。彼が自分より年上で、忙しくて、ストレスに耐えているのはわかっている。マリ＝スワンは彼女なりのやり方で、夫を愛していた。彼は子ども時代の根をすべて断ち切り大人になったが、妻のなかに残る子ども時代を踏みにじることはけっしてなかった。その態度は見事なものだ、とマリ＝スワンは思った。けれども彼女はなによりも、サン＝テグジュペリを愛していた。彼女をかわいいと言ったあの夜の訪問者を。知らない言葉を話す大男を。彼が行ってしまってから、星は輝きを失った。でも彼は生きている、とマリ＝スワンは信じていた。どこかの星で、わたしを待っていると。いつかわたしはその星を、再び灯《とも》らせることができるだろう。彼女の頭のなかで、サン＝テグジュペリはいつまでも四十代だった。彼は歳を取らないが、妻や愛人の女たちは違う。サン＝テグジュペリは老いた女たちなどうんざりだろう。そうなればわたしの出番だ、とマリ＝スワンは信じていた。ときには名前を変えて、マリ＝スターと名のることもあった。折に触れて『星の王子さま』をひらいては、見栄っ張りで怒りっぽくて傲慢なバラの描写を読み返した。彼が愛したバラ。マリ＝スワンは肩甲骨のあたりに、こんな言葉のタトゥーを入れた。

「なんて美しいんだろう！」

「そうかしら。きっとお日さまと共に生まれたからね」

マリ＝スワンは男がうしろからドレスのホックをはずし、この言葉に気づく瞬間が好きだった。彼女の生涯をあらわす言葉。そして男は、サン＝テグジュペリのように感動する。

五十歳のとき、オコ・ドロから声がかかった。マリ＝スワンはその一年前に、夫を亡くしていた。ビジネスマンがまたひとりあらわれた。わたしにはそれが、ずっとつきものなのかしら！　ところが今度は、ちょっと違った。オコ・ドロはなぜか、『星の王子さま』に精通していた。クラブ６１２を結成しようという彼の誘いに、たちまち魅せられた。サン＝テグジュペリは戦地に赴く前に、遺書をしたためていたはずだと、彼と同じくマリ＝スワンも前からずっと思っていた。その秘密を解く鍵は『星の王子さま』のなかにある、わたしならそれを見つけられるとも。オコ・ドロの動機がいかなるものかは知らないが、自分の動機はよくわかっている。サン＝テグジュペリを見つけたい。わたしは彼を愛している。そう思って彼女はクラブ６１２のために人脈や情報、いわゆる世知を役立てた。オコはクラブ６１２の財政を担い、彼女が会長役を引き受けた。

もう、大昔の話だ。

しげしげと眺めた。

マリ＝スワンは居間のローテーブルまで車椅子を進め、三つの穴があいた四角い箱をまた

誰が送ってきたのだろう？

オコかしら？

ついでに二人のフランス人も、調査によこしたってわけ？　礼儀知らずの娘っ子と能なしのパイロット。うまいこと騙して、追っ払ってやったけど。

アニバルは膝のうえで眠っている。できれば起こしたくなかった。それより思い出に浸ろう。彼女はすべてが大きく揺らいだ二〇〇五年十一月、あの晩のことをまた考えた。

マリ＝スワンはそれまで何年ものあいだずっと、星の王子さまはサン＝テグジュペリに殺されたのだと思いこんでいた。サン＝テグジュペリが大人になるために、成長できるように。でもみんなが馬鹿みたいに信じているように、彼は大人になって戦争に出かけるつもりだったのではなく、愛に旅立とうとしていたのだ。ひとりの男がひとりの女を愛するように、ようやく愛することができる。大人として愛することができる。サン＝テグジュペリはそう考えていた。そしていつか、このわたしを愛そうとしていた。

あの冬の晩、マリ＝スワンはニューヨーク・シティ・オペラ劇場へ、『星の王子さま』をもとにした評判のオペラを観《み》にいった。王子役を演じていたのは、もちろん黄金の声をしたすばらしい少年だったけれど、このとき初めてバラの役も、澄みきったソプラノの歌声をした少女が演じた。

その晩、マリ＝スワンは気づいた。

六十八歳にしてようやく理解したのだ。わたしが恋したのは夕方になるとやって来る、大きな体をした博識の作家ではなく、彼のなかの子どもだったのだと。わたしが恋したのは、星の王子さまだったのだと。わたしが生涯探し求めていたのは、王子さまだったのだ。だって彼は、わたしのなかの子どもを愛したのだから。不機嫌で、見栄っ張りで、気まぐれなバラを。だって男たちがもうふりむかなくなっても、わたしは昔と変わらずずっと美しいと感じているから。それは自分のなかにいる少女のおかげなんだわ。

マリ＝スワンは窓際まで車椅子を進め、五番街のにぎわいを眺めた。彼女はにっこりした。フランスからやって来たおかしな探偵コンビを、うまく騙してやったわ。サン＝テグジュペリは自分のなかの子どもを殺したりはしなかった。その子どもは、まだ生きている。

もし王子さまが死んでしまったら、わたしもいっしょに死ぬはずだもの。

17

「変わりないかい？」

「あなたがいなくて、寂しいわ」

「ぼくも寂しいよ、ヴェロニック……」

「なにをしてるの？」

「ホテルにいる」

「探偵さんといっしょに」

「そうだよ」

「どんな人なの、探偵さんって？」

「ええと……ビールばかり飲んでる」

「ソフト帽をかぶって、革のジャケットとか着てるのかしら？」

「うん……まあ、そんなところかな」

「口ひげを生やして？」

「そう……ビールを飲んでるときは……」

「ニューヨークはきれい？」

「大きなビルばかりで……よかったら、今度きみを連れていく……飛行機の操縦も思い出したし」

「それより、あなたに帰ってきて欲しいな。わたしたちの小さな星だけで充分よ」

「すぐ帰るさ、約束する……でももう一か所、まわらなくちゃならないんだ。ひとっ飛びして。なにしろ……報酬がとてもいいから」

「わたしは今のままで、なにも不足はないの。よくわかってるでしょ。ここは風が強いから、草もよく育たないくらい。庭師が必要だわ」

「すぐに戻るから、ヴェロニック。できるだけ早く。約束するよ」

18

リッツ・カールトン・ニューヨークの豪華なアメリカンブレックファーストを前にして、わたしは疲れきってあくびをした。

「よく眠れなかったの？」とアンディが心配そうに言った。

わたしたちの席からは、セントラルパークが見おろせた。風が楡の木立を揺らしている。

「うんざりだな」

「なにがうんざりなのよ？」とアンディは、焼いた薄切りパンにオレンジマーマレードを塗りながらたずねた。

「サン＝テックスなんて、もううんざりだ。昨晩、『城砦《じょうさい》』を読もうとしたんだ。彼が戦争について書いた文章もいくつかね。半分徹夜しちゃったよ。ああ、もうたくさんだ」

「本当に？」

「『星の王子さま』は軽くて読みやすいさ。うまく書けていて面白い。でも、ほかの作品となると……神や人間、惑星についてのメタファーも……哲学の授業と司祭さんの説教をごた混ぜにしたみたいだ」

アンディは笑って、ベーコンをかじりながらバルコニーをふり返っただけだった。

「きみだって心の底じゃあ、おんなじように思っているはずだ！」

彼女は答えなかった。

「サン＝テックスは嫌ったらしい男になっちまってたんじゃないか？　自己中心的で、嘘つきで、気取り屋で。子どものためのあんなお話を、彼が書いたなんて信じられないな」

アンディはぴょんと立ちあがった。

「じゃあ、誰が書いたっていうの？」

「王子さまさ！　つまりはサン＝テックスだけど、退屈な大人になる前の彼だ。陽気な子どもだった部分が、彼のなかで完全に死んでしまう前の」

アンディは長いこと、じっと考えこんでいたが、やがてこう言った。

「さあ、出発！」


わたしはタクシーのなかでもずっと、あくびばかりしていた。

アンディの説明によると、マリ＝スワンとオコ・ドロが口を利いてくれたおかげで、学芸員はわたしたちに特別展示室でオリジナル手稿を見せてくれるのだという。

わたしはモルガン・ライブラリーの前でまたあくびをし、窓口へむかった。ようやく眠気が抜けてきたのは、ライブラリーの図書室に入ったときだった。四方の壁が本で埋め尽くされている。高々とそびえる本の城壁、本の城塞だ。

ガイドの説明など、わたしもアンディもろくすっぽ耳に入っていなかったが、ここには三十五万冊の本と珍しい草稿、グーテンベルク聖書、モーツァルトやベートーベンの自筆楽譜、ファン・ゴッホのデッサンなどのコレクションがあるのだという。わたしたちはガイドに案内され、VIP用の特別展示室へむかった。そこでサン＝テグジュペリが出発の日、シルヴィア・ハミルトンに贈った手稿がわたしたちを待っている。

アンディは朝露に濡れたクローバーのように生き生きとした顔で、『星の王子さま』のペーパーバック版をわたしの手に滑りこませた。自分はそらで覚えているので、本など必要ないということらしい。わたしは本をひらいてたずねた。

「どこを調べればいいんだ？」

「するべきことがわかってるのは子どもたちだけ……」

わたしは舌を出して見せた。

「冗談よ、飛行士さん。わたしたちがするべきゲームは、七か所の間違い探し。片や一九四六年に出版された『星の王子さま』のフランス語版。サン＝テグジュペリがそれを目にすることはなかった。片や『星の王子さま』の手稿。もし彼が戦地へ赴かなければ、本当はこんな作品を書いたのかもしれない。この二つのあいだで、なにが違っているのかをたしかめるの」

手稿は一枚一枚、ガラス板に守られて展示してある。王子さまの下絵や文章が書かれた紙だ。サン＝テグジュペリの筆跡は、ほとんど判読不能だった。あちこち線で消したり、矢印で余白に書き加えたりしている。じっくり目を凝らさなければ。

だめだ！

アンディが肘でつついた。
「ほら、見て、ヌヴァン。覚えてるでしょ。北アメリカの海岸に近づいたとき、『星の王子さま』のこんな一節をあなたに語って聞かせたのを。

地球には二十億の住人がいるけれど、もし彼らが集会のときみたいに、あいだを詰めて立っていれば、縦二十マイル、横二十マイルの広場に楽におさまる。太平洋のちっぽけな島にだって、押しこめられるかもしれない。

ほら、もともとのヴァージョンを読んでみて」
わたしは手稿をなんとか判読してみた。この一節について、サン＝テグジュペリはさらに凝った表現をしている。

もしマンハッタンが五十階だてのビルで覆われ、もし人間たちがぎっしり立ち並んでそれらの階をすべて埋め尽くしたら、人類全員がマンハッタンに住むことができるだろう。

「でも、おかしいんじゃない？」とアンディはやけに興奮して叫んだ。「どうしてこの一節を変えたんだろう？　どうしてマンハッタンという地名を削って、大洋の小島に置きかえることにしたの？」

そんなこと訊かれても、わたしにわかるわけない。

アンディはこのことを、頭の片隅にメモしたようだ。わたしは長々とイラストを眺めていた。イラストは最終ヴァージョンよりもずっと悲しげだった。そこに描かれた王子さまは、ときに不安げで、怒りに満ち、悄然《しょうぜん》としている。砂丘が波のように連なる砂漠に横たわる絵もあった。あるいは、キツネを綱で引いている絵も。しかしバラの絵は一枚もない。ヘビの絵も、王子さまが死ぬ場面の絵もない……どうしてだろう？

わたしは手稿に目を戻した。七か所の間違い探しは、アンディよりわたしのほうが素早かった。あんまり丹念に見ていないだけかもしれないが。わたしが最後の一枚まで行ったとき、彼女はまだ半分にも達していなかった。

突然、はっと気づいた。手もとの『星の王子さま』と比べるまでもない。わたしはわが目が信じられなかった。

「結末だ」わたしは動揺してアンディに呼びかけた。「結末が同じじゃない」

「なんですって？」

「シルヴィア・ハミルトンが預かった手稿は、われわれが知っている本になったものとは、結末が大きく違っているんだ。読みあげるから聞いてくれ」

わたしはゲームの外にいた。だからって大人たちに、彼らの仲間じゃないと言ったことはない。わたしは心の底でいつまでも五歳か六歳だということを、ずっと彼らに隠してきた。

今度はわたしのほうが、興奮を隠しきれなかった。

「これこそきみの説を裏づける証拠じゃないか、アンディ。子ども時代、犠牲になった子ども時代。それはもっとも大切な秘密のようなものだ」

けれどなによりも驚いたこと、さらにはがっかりしたことに、アンディはわたしの言うことを聞いていなかった。

彼女は別のページを一心に読んでいる。

わたしはイラっとしながら近づいた。彼女が見入っているページは、すぐにわかった。王子さまとキツネの出会いを描いた絵なのは明らかだ。わたしはアンディの肩ごしに、作品中でもっとも有名な一節を読んだ。作品の意味がひと言で言いあらわされている一節だ。

じゃあ、秘密を教えるね。とても簡単なことだけど。
ものは心で見なくては。大切なものは、目に見えないんだ。
手間ひまかけたからこそ、
そのバラはきみにとって大切なんだ。

きみは慣れ親しんだものに、
いつまでも責任がある。

アンディは身を乗り出し、ガラスケースに鼻先をくっつけんばかりにして、あちこち線で消された、わたしには解読できない文章を読んでいた。彼女の目から涙が流れているのに気づいた。彼女はすすり泣きながら、ぶつぶつこう言っている。

「ありえないわ、ありえない。みんな、なにもわかっていなかった。みんな、初めから騙されてたってこと？　すべて、逆さまにしてたってこと？」

わたしはアンディのジャンパーの袖を引き、説明を求めた。けれども彼女は最後に鼻を鳴らし、こう言った。

「さあ、行きましょう。マリ＝スワンが待ってるから」

彼女はそれしか言わなかった。オリジナルの手稿からなにを見つけたのか、教える気はないらしい。今のところは。

あんまり動揺しているので、せっつくこともできなかった。

「あとで」と彼女は言った。「あとでね、ヌヴァン。マリ＝スワンが待ってるから」

しかしアンディは間違っていた。

「フォックス・カンパニー？　こちらマリ＝スワンよ」

　アンディの電話が鳴ったとき、わたしたちはセントラルパークのベンチに腰かけ、赤っぽいリスを眺めていた。アンディはわたしも会話に加われるように、スピーカー機能をオンにした。

「実は……伝えておかなければと思って」と老婦人は言った。「わざわざ……来てもらわなくても」

「なんですって？」

　通話は何度も途切れた。まるでマリ＝スワンは乗り物のなかにいて、移動しているかのように。車か飛行機か船か。

「わざわざ……また会わなくても」と老婦人は繰り返した。「もうすべて……お話ししたので……昨日……マンハッタンの……歩道で。でも……間違ってたわ」

　わたしは驚きの目をアンディに投げかけた。聞き違いじゃないよな？　彼女は答え代わりに力なく肩をすくめ、大声で怒鳴った。

「今、どこにいるんですか、マリ＝スワンさん？　声がよく聞こえないんです。予定どおり、セントラルパークで話しませんか？」

　老婦人のほうは、とてもよく聞こえているようだ。声もどんどんくっきりしてくる。通信状態がいい場所に、近づいているかのように。

「いいえ……いいえ、お嬢ちゃん……余計なことを言って、惑わせてしまったわ。トニオは自分のなかの子どもを殺したりしなかった。昨日の話は取り消すわ……サン＝テックスは星の王子さまを殺したんじゃない。彼は殺人者じゃない」

マリ＝スワンは警察署で二人の警官を前に、前言を翻す証人のような口調で話した。わたしはあっけにとられた。アンディも同じだろう。

「なにを言ってるんですか、マリ＝スワンさん。すべてつじつまが合ってます」

老婦人がくすくすと笑う声が聞こえた。

「たしかにつじつまは合っているわよ。でもあなた、トニオがそんなお馬鹿さんだと思う？　明らかなことほど、警戒してかからないと。それも彼がわたしたちに教えてくれたこと。ミステリ小説みたいに、『星の王子さま』には間違った手がかりが詰めこまれている……トニオが張った罠《わな》に、あなたたちはまんまとはまってしまったのよ！」

アンディは当惑のあまり、固まりついていた。これまでの手がかりをすべて、頭のなかで再検討しているのだとわかった。『星の王子さま』の引用、サン＝テックスの手紙、彼の子ども時代に関する言及……

「お嬢ちゃん」とマリ＝スワンは続けた。「だってそうでしょ、自分のなかの子どもを犠牲にするなんて、トニオにはできるはずない。ありえないわよ。ちゃんと書いてあるわ。あなたは大事な手がかりを見逃してる」

「どうして？　どこにあるんですか？」

アンディはむっとしたように、ベンチから立ちあがった。マリ＝スワンは落ち着き払った声で、逆にこうたずねた。

「王子さまが砂漠でサン＝テックスと出会ったとき、最初にどんなことをたのんだかしら？」

「ぼくにヒツジの絵を描いてって。でも、それが……」

「そこからなにか思い出さない？」とマリ＝スワンは遮った。

アンディは苛立《いらだ》たしそうに、何度も砂利を蹴った。飛び散った石で、リスの目が潰れるかと思うほどの勢いだった。だめだ、わからない。彼女も、わたしも。

「ほらほら」マリ＝スワンは愉快そうに言った。「子どもを、わが子を犠牲にしなければならなかった男。ところが彼が犠牲にしたのは……ヒツジだった！」

わかったぞ！　やっとわかった。わたしはまだ、茫然としていた。それでも立ちあがって送話口に近寄り、息切れした声で言った。

「ヒツジっていうのは、生贄《いけにえ》に捧げる動物です。キリスト教やユダヤ教でも、イスラム教でも（わたしはキリスト教の教理を、必死に思い出した）。神は、あるいはアッラーは、子だくさんのアブラハム、あるいはイブラヒムに、息子のイサクを生贄として殺すよう命じました。けれどもアブラハムはぎりぎりになって、息子の代わりに牡《お》ヒツジを殺したんです。つまり子どもの代わりに、ヒツジあるいは山羊を生贄に捧げたわけだ」

「ブラヴォー、飛行士さん」とマリ＝スワンはからかうような口調で言った。「思ってたほどお馬鹿さんじゃなかったようね」

べつにそれほど難しいことじゃない、とわたしは思った。ミサに通ったか、イードル・アドハー（「犠牲祭」を意味する。イスラム教の祝祭のひとつ）を祝ったかした者なら、誰でも知っていることだ。

アンディは考えこんでいたが、大声で興奮気味に話し出した。

「サン＝テグジュペリは戦地に赴くため、自分の子ども時代を生贄に捧げねばならなかったけれど……結局そうはしないだろうってことを、『星の王子さま』に出てくるヒツジは意味している。彼にはどうしてもできないってことを。王子さまが飛行士にヒツジの絵を描いてとたのむとき、彼は大人の飛行士に子どもの自分を犠牲にしないようたのんでいるんだ。自分の代わりにヒツジを、小惑星Ｂ６１２に送るようにと！　長生きするヒツジを描いてと、王子さまはわざわざ言っている。でも彼が気に入ったのは、棺桶《かんおけ》みたいな箱に入ったヒツジだった。まいったな。考えれば考えるほど、間違いなさそうね」

「ええ、そうなのよ」とマリ＝スワンは勝ち誇ったように言った。

マリ＝スワンは目的地に着いたのだろうか、通話はもうまったく途切れなかった。

「じゃあ、誰が？」とアンディはたずねた。彼女はけっして冷静さを失わない。「誰が星の王子さまを殺したんですか？」

老婦人は急に疲れきったような声になった。

「それをたずねる相手はわたしじゃないわ。ほかにも証人がいるでしょ。わたしよりもっと詳しく知っている証人が」

「このモイゼスって方ですか？」アンディは言った。「エルサルバドルのコンチャグイタ島に住んでる？　リストにのってる、クラブ６１２の次のメンバーの？」

「おそらく……もし彼がまだ生きているなら……そしてもし、話ができる状態なら……だとしたら、驚きだけど」

マリ＝スワンはまた笑い声をあげた。

「もっと詳しく教えてください」とアンディは食い下がった。

老婦人はためらっていたけれど、しかたなさそうにこう続けた。

「わたしは何年ものあいだ、本当の動機を自分に認めたくなかったの。それはこの世でもっとも古くからある動機よ。激情、愛、嫉妬（彼女はそこで少し間を置き、また続けた）。あの本を読み返してごらんなさい。火を見るよりも明らかだから。王子さまを殺した犯人、それはバラよ」

それきり彼女は、なにも言わなかった。

電話のむこうから、犬の吠え声が聞こえただけだった。

☆

マリ＝スワンは電話を切った。もう着いたのだ。

鏡に映った自分にむかい、帽子を取ったところだった。目の前の醜い老女も、彼女に挨拶を返した。アニバルはそれが主人だと気づき、もう一度吠えた。

馬鹿なんだから！

エレベータのドアがあいた。マリ＝スワンはようやくこの耐えがたい鏡像に背をむけることができた。エンパイアステートビルの展望台には、風が吹きすさんでいる。彼女は膝のあいだで、四角い箱をさらに強く締めつけた。とても軽いわ。思いきり投げたら、ハドソン川まで飛んでいきそうなくらい。疲れきった老人の腕でも、なんなく運べるくらい。虚空の縁で箱をあけることにしよう。最後の眩暈《めまい》にわが身をさらすために。最後にもう一度、高みから町を眺めるために。紙飛行機や水爆弾を投げていたあのころ、祝福されたあのころのように。彼女が美しかったころ、王子さまの恋人だったころ、彼女がバラだったころ。

マリ＝スワンは虚空から数センチのところで、車椅子のブレーキをかけた。五番街のうえ、三百メートルほどのところで。

彼女は箱を持ちあげた。

誰が送ってきたのだろう？

酔っぱらいのモイゼス？　頭のおかしなイザール？　賢いが臆病者のホシ？

ようやく、裏切り者の正体がわかるわ。

彼女は箱をあけた。

あっと叫んで手を動かす間もなく、ヘビが飛び出した。

彼女の脚のあたりに、きらりと黄色い光が輝いただけだった。

彼女は一瞬、体をこわばらせた。叫び声はあげなかった。

やがて秋の枯葉が散るみたいに、静かにくずれ落ちた。

風のせいで、音ひとつしなかった。

ちょうどそのとき五番街にさしかかった通行人が、摩天楼を見あげた。別の通行人が叫び声をあげ、ほかにもわめき声が続いた。車が急停止し、ぱしゃぱしゃ写真を撮る音がする。みんな最初は、バルコニーか屋根の一部が剝がれたのだと思った。いや、どこかのふとどき者が、ナイトテーブルか冷蔵庫か洗濯機を窓から投げ落としたんだ。そしてようやく、車椅子の形がはっきりと見てとれた。それが独楽《こま》みたいにくるくるまわりながら落ちてくる。銀河の彼方《かなた》からやって来た、足の不自由な宇宙人の椅子みたいに……そして道路の真ん中に激突した。

酒飲みの島

水は心にもおいしいだろう。

酒飲み、小惑星327

むだな戦いをするのは難しい。だとしたらぼくは、どこへ行って息をつけばいいんだ?

「X……への手紙」、一九四三年

19

ファルコン900は一路エルサルバドルをめざし、アメリカ上空を南にむかって飛んでいた。今はフロリダ沿いだ。次々に連なる町や海岸を、わたしは見わけようとした。ケープカナベラル、パームビーチ、マイアミ、キーウエスト……でも、わからなかった……

「知ってるかな」とアンディがたずねた。「『星の王子さま』の映画化権を最初に買ったのは誰か?」

わたしは飛行プランに集中していた。

「教えてくれ」

「オーソン・ウェルズよ！　本が出版されて、一週間もしないうちに。あの作品にひと目惚《ぼ》れしたってわけ。すぐに映画化権を買ってウォルト・ディズニーのところに押しかけ、いっしょに作ろうと持ちかけた……ハリウッドの二大天才がタッグを組んだってところね。だけど天才はひとりで充分……ウォルトとオーソンは決裂し、計画は御破算になった」

わたしは返事をしなかった。正直なところ、オーソン・ウェルズが何者なのか、よく知らなかった。アンディにもそれはわかったらしいが、なにも言わなかった。彼女はポケットから紙切れを取り出し、書いてある言葉のひとつを丹念に線で消した。

王子さまを殺したのは~~飛行士~~だ。

そして消した言葉をこう書き換えた。

王子さまを殺したのはバラだ。

ファルコンはメキシコ湾を横ぎり、キューバに近づいた。

「あなただって、チェ・ゲバラが何者かぐらい知ってるでしょ？」とアンディはたずねた。

わたしがそんなに無知だと、本当に思っているんだろうか？

「ゲバラも『星の王子さま』のファンだったって？」

「そのとおり、飛行士さん。ゲバラはトイレにこもって、いっきに読んだって話よ。部下たちが心配したくらいですって。トイレから出てきたとき、こんなふうに言ったとか言わないとか。〈おれはくそをひとつひるあいだに、この傑作を読みきったぞ〉って」

「お上品なこった」

わたしは少し間を置き、チェ・ゲバラの詩情について思いを馳《は》せ、それからアンディのほうにむきなおった。

「エルサルバドルに行ってどうする？　あそこはアメリカ大陸でもっとも小さい国で（わたしは映画より地理のほうが得意だ）、なにもないところだ」

「コンチャグイタ島でモイゼスと会いましょう。サン＝テグジュペリの妻コンスエロと関連がありそうね。彼女はエルサルバドル出身で、サン＝テグジュペリは〝島の小鳥〟って呼んでた。わたしが調べたところ、コンチャグイタはエルサルバドルにいくつかある島のひとつで、ほとんど誰も住んでないみたい。たちまち観光化されてしまいそうな、太平洋の小さな楽園ね」

アンディは地理でも、わたしの遥か先を行っているようだ。ここはまたひとくさり、ヒツジの話にでも戻ろうか？（「ヒツジの話に戻ろう」は「本題に戻ろう」という意味の言いまわし）

「コンスエロはサン＝テックスの妻だった。つまり彼女がバラだったってことだろ？　だったら彼女が王子さまを殺したっていうのか？」

「うーん」とアンディはうなった。「そこが大問題なのよね。サン＝テグジュペリは誰がバラのモデルなのか、はっきり言ってないから」

「じゃあコンスエロのほかに、誰がいるんだ？　愛人のうちのひとり？　可能性のある容疑者リストをあげてくれるかい？」

アンディはにっこりした。わたしはだんだん楽しくなってきた。証拠品の山を前にした二人の警察官みたいに議論を戦わすのも悪くない。

「じゃあ、行くよ。エルサルバドルまで、まだまだならいいけれど。なにしろリストは長いから。バラのモデルに擬せられる女性たちは、サン＝テグジュペリが書いた情熱的な手紙からわかる。でもそれが友人なのか、愛人なのか、ただの話し相手なのかを特定するのは、必ずしも簡単ではないの。特にニューヨークですごした最後の数か月間は、新しい花が次々咲いたみたいだし。そうしたバラたちはだいたい決まって大柄で、金髪で、貴族的で、威圧的で……小柄なコンスエロとは正反対だった。準備はいい？　容疑者リストにかかりましょう」

アンディには驚かされる。メモも見ないんだから。

「網羅的なものではないけれど……しっかり覚えておいて。ナディア・ブーランジェ、フランス人のオーケストラ指揮者。ニューヨーク・フィルハーモニックの指揮をしているとき、合衆国でサン＝テグジュペリと再会した。アナベラ、女優。ロサンゼルスで入院中のサン＝

テグジュペリを見舞い、セントラルパークでも再会した。ナタリー・パレ、ファッションモデル。悲劇的な運命のエキセントリックなロシア皇女。ルイーズ・ド・ヴィルモラン、サン＝テグジュペリの初恋の相手で元婚約者。サン＝テグジュペリは彼女のために、飛行士になる夢をいったんあきらめた。イヴォンヌ・ド・レトランジュ、サン＝テグジュペリがまだ有名作家になる前、彼の庇護者《ひごしゃ》だった。さらには彼がアルジェリアで美しい詩を捧げた、名の知れない看護師もいる……妹のディディに告白しているように、ほかにも似たり寄ったりのバラたちがいるのを忘れてはいけないよね。コレット、ポーレット、スージー、デイジー、ギャビー。サン＝テグジュペリは彼女たちに言い寄った。〝みんな平凡な、待合室の女たちだ〟と彼は書いてるけど」

「待合室って、なにを待ってるのかな？」

それには答えず、アンディはしばらく考えてから続けた。

「でも、今挙げたバラたちのなかで、唯一無二のバラ役を演じられるほどトニオに影響を及ぼした者はいなかった。コンスエロを除けば、可能性のある容疑者は二人だけ。まずはネリ・ド・ヴォギュエ。裕福な実業家夫人で、サン＝テグジュペリのパリ時代の愛人。彼のもっとも忠実な味方で、経済的にも創作のうえでもずっと支えていた。一九四三年にはアメリカの飛行機で、アルジェまで彼に会いに行った。サン＝テグジュペリは行方不明になる日、最後の手紙を彼女に書いている。そして未刊の草稿『城砦』やなにかを、遺品として彼女に託した。もうひとりは、もちろんシルヴィア・ハミルトン。魅力的で母性的な、ニューヨークの若いジャーナリスト……」

「そして『星の王子さま』の手稿は、彼女に託された。やれやれ、豪華なバラの花束のできあがりだ」

　アンディはわたしの反応を見つめていた。愛や忠実さ、責任について、もっとも美しい教えを記しながら、次々に女たちを口説いていた男のことを、彼女のような若い女性はどうとらえているんだろう？

「だけど、しおれたバラの花束よ」アンディはきっぱりとした口調で言った。「何年も前からしおれてた。バラが誰かは、五十年以上ものあいだ問題にされなかったんだから。もう片づいた問題だったの。バラはサン＝テグジュペリがものにした女たちのうちの誰でもない。たしかに彼は女たちみんなに、憂いに満ちた王子さまや流星の絵を描き、感動的な約束をしたけれど。サン＝テックスは足跡を消して皆を惑わし、心を打ちひしぐのが好きだった。女たちを悲しませるのが好きだった。こうして嫉妬に苦しむ女たちの……長いリストができる」

　アンディもわたしを混乱させた。

「バラは彼がものにした女たちのなかにいないとしたら、いったい誰なんだ？」

「母親よ！」

　ユカタン半島の上空で、危うく宙がえりをするところだった。

「母親だって？　息子が行方不明になった一年後に、手紙を受け取ったっていう？　息子の死をけっして信じなかった母親？　詳しく説明してくれ」

「サン＝テグジュペリは母親のマリに、とても愛着を抱いていた。人間的で、愛情に満ちた女性よ。トニオは四歳になる前に、父親を脳卒中で亡くした。弟のフランソワは十五歳で亡くなった。そのときトニオは十七歳だった。マリは再婚せず、サン＝テックスは母親と三人の姉妹に囲まれて育ったの」

アンディの声には高揚が感じられた。それがわたしを苛立たせた。

「なるほどね……サン＝テグジュペリはかわいそうな子どもだった。小さいころは、まわりに男性はひとりもいなくて……母親に甘やかされた天才少年が、えてしてそうであるように」

わたしの感想に、アンディはにっこりした。

「もっと真剣な話をすると」と彼女は続けた。「『星の王子さま』を取りあげた精神分析家たちは、迷わず断言しているわ。バラは母親だって。大蛇ボアに呑まれた象の絵が、冒頭のページに出てくるけど、あれは母親のお腹にいる子どものこと。王子さまは子ども。作品のなかではそういうことになっている。だったらバラは母親以外ありえない……」

「その説は、サン＝テグジュペリの家族関係ともうまく合うってわけかい？」

「そのとおり」

「しかしフォックス刑事君、われわれにはしっくりこないけどね。もしバラが王子さまの母親だとしたら、彼を殺すわけない。息子を殺す母親なんているもんか！」

してやったり。アンディはわたしに感嘆の眼差《まなざ》しを投げかけた。わたしたちはメキシコ南部のうえを飛んでいた。遥か彼方に、へその緒みたいに細く中央アメリカが見える。

「でも、ル・ファウ刑事、あわてて結論に飛びつかないで。今ではもう、疑問の余地はない。王子さまのバラは、やっぱり妻のコンスエロね」

「おいおい、話が飛びすぎだぞ。証拠は？　証拠を見せてくれ」

アンディはやれやれという表情をした。

「サン＝テグジュペリの妻コンスエロは、小柄で傷つきやすく、喘息《ぜんそく》気味の女性だった……そして王子さまのバラは、いつも咳をしている。バラは煤《すす》払いをしなくてはならない火山がある、小さな星で暮らしている。コンスエロは小さな火山国エルサルバドルの出身よ。一九三四年、サン＝テグジュペリは王子さまと驚くほどよく似た妻の肖像画を描いた……コンスエロと同じく、バラは気まぐれで気分屋で……」

わたしは操縦桿《かん》から放した手を、アンディの肩にあてた。

「まあ、そんなにまくしたてないで。話についていけるよう、まずは〝島の小鳥〟のことを教えてくれ」

アンディは遠くに目をやった。二つの大陸のあいだに、途切れ途切れの線が続いている。湖、無数の島、ナイフでざっくり切りこんだような、パナマの湾曲部。

「ああ……コンスエロ……彼女は褐色の髪をした、小柄でエキセントリックな女性だった。気取らず、怒りっぽく、スペイン語訛《なま》りでまくしたて、貴族の血を引くサン＝テグジュペリ家の雰囲気にはそぐわなかった。でもサン＝テックスの母親だけは、彼女に好意を示した。コンスエロは人目を避けて暮らした。サン＝テグジュペリの死後、彼女は気落ちし、沈黙を続けた。彼女が夫を亡くすのは、それで三度目だった（わたしは眉をつりあげた。遠まわしに言ったつもりだろうが、殺人犯の女を捜していることを、わたしは忘れていない）。彼女は好んでこんなふうに言っていた。わたしの人生は、トニオを待つことですぎていく……彼が死んだあとも。コンスエロは二人の思い出を大型トランクにしまった。手紙、身近な品々、秘密、写真。彼女はそれをけっしてあけようとはしなかった。サン＝テグジュペリの伝説が、彼女を抜きにして語られるのに甘んじてた。そして一九七九年、ほとんど誰の関心を引くこともなく死んでいった。歴史に新たな光があてられるまでには、さらに二十年待たねばならない……二〇〇〇年、大型トランクを相続した彼女の秘書はすべての資料と、コンスエロの日記を公開することにした。それが『バラの回想』。感動的で驚くべき物語だった……」

「信憑性《しんぴょうせい》はあるのか？」

「さあ、どうだか。もっとも正確なサン＝テグジュペリの伝記二冊は、彼の愛人と妻が書いたものだった。彼が愛した女たちの告白や、彼が女たちに書いた手紙を通してしか、作家の姿を知りえないのよ。それは嘘、幻影、仮面かも？」

「で、大型トランクに入っていた資料は？」

「資料によれば、バラはたしかにコンスエロね。いろんな本のなかでも、言及されているけど。『バラの回想』が出たことで、事態は一変した。サン＝テグジュペリが引きずっていた純真な理想主義者《ボーイスカウト》のイメージは終わりを告げた。心やさしい平和主義者、素朴な語り手、熱烈な愛国者のイメージは。後光は消え去ったの。彼の遺書『星の王子さま』は詩的だけど暗い、矛盾に満ちた作品だった。そしてトニオとコンスエロは、伝説として永遠に語り継がれるカップルになった。まぶしい恋人たち、光に満ちた恋人たち。愛と憎しみ、自由と束縛、絆《きずな》と裏切りで結びついた二人……やがて運命的な結末が訪れる。コンスエロは長年待ち続け、ついにミューズたちの神殿《パンテオン》に確固たる地位を占めた」

わたしはアンディにウィンクをした。

「そうした死後の名声は、殺人の動機として充分なのでは？」

アンディは考えこんでいる。

わたしは続けてこう言った。

「コンスエロが本当にバラならばだけど。だって喘息とか火山とか気まぐれな性格とか、きみが持ち出した証拠だけではちょっと弱いのでは？」

今度はアンディも言い返した。

「大型トランクのなかには、いくつか証拠も残されていたの。とりわけ手紙が。トニオはコンスエロにこう書いている。〝わかってるはずだ。バラはきみだって。ぼくはこれまでずっと、きみの世話をしてあげられなかったかもしれない。でもきみはきれいだと、ずっと思ってた〟。彼は妻に責任を感じていると、よく言っていた。王子さまがバラに責任を感じるみたいに。それに『星の王子さま』は、もともとコンスエロに捧げられるはずだったの。彼女ははっきりそう言ってる。結局サン＝テグジュペリは、飢えと寒さに苦しむユダヤ人の友人レオン・ヴェルトにあの本を捧げることになるのだけど。ところがコンスエロは、『バラの回想』のなかでこう語ってる。アフリカに発つ日、サン＝テグジュペリは後悔を口にしたと。戦争が終わったらきっと続きを書くから、それを彼女に捧げると約束したと」

「『星の王子さま』の続編だって？　本当なのか、それは？」

「なんとも言えないのよね……サン＝テグジュペリはそんな話、一度も公言してないから。公式には彼のバラに、献辞を述べてない。そこはコンスエロにとって、痛恨の一点でしょうね」

「コンスエロは自分に対するサン＝テグジュペリの気持ちを、バラに対する王子の気持ちを理想化してるんじゃないか？」

アンディはうなずいた。

「そうかもしれないけど……気にかかる話があるの。アルジェリアに逃れたフランス人女性がいて、サン＝テグジュペリが死ぬ前の数か月間、よくいっしょに夕食をとってたんだって。サン＝テックスはそこで、合衆国で出た本のことを話題にした。幻滅した王子のことを。王子はたったひとつしかない彼のバラに恋をした。だからバラに責任があるのに、野原いっぱいに咲く別のバラを見つけてしまった。ほかにもバラは、いっぱいあるから。そうでしょ？」

わたしは大喜びした。

「なるほど王子は彼のバラを捨てて、ほかのバラを求めた。サン＝テグジュペリがほかの女のために妻を捨てたように……罪悪感と責任感についてひと言触れただけで一件落着。見捨てられたバラは嫉妬して、死後のアリバイ作りに回想記を書いたけど、彼女は許すことができなかった……」

わたしはそこで、少し考えた。ジェット機はグアテマラ上空を飛んでいた。空に突き出た小さな火山が、次々連なっている。まるで誰かがうえに飛んでくるのを待って撃ち落とそうと、身構えているかのようだ。わたしは推論を続けた。

「バラにはアリバイがない。バラは王子さまを咬むよう、ヘビにたのむことができたけど……どうやってコンスエロはサン＝テグジュペリを殺したんだろう？」

今度はアンディが、機体の下に連なるグアテマラの火山を眺めた。

「コンスエロはサン＝テグジュペリを殺してはいない。彼はここで死にかけたけど、コンスエロが救ったのよ」

20

モイゼス・コチャヤヴはメスカル酒のボトルを空けた。彼は海を目の前にして飲むのが好きだった。波を見ながら想像するのが好きだった。揺れているのは大海原だ、陸地全体だ、銀河だ、おれじゃない、と。

一本だけ生えている椰子の木を背に、メスカル酒かテキーラの一リットル瓶を股に挟んで腰を据えるのが好きだった。そして思い出に浸るのが。

背後のクレーンがドラゴンの影を投げかけ、作りかけのガラスの宮殿がコンクリートの骨格で太陽を遮っている。砂浜と水平線のあいだにたった壁のせいで、あふれ返る泡の世界を眺められないし、うしろではメキシコ人労働者が削岩機をがんがん鳴らしている。でも、まあ、しかたない。彼は思い出に浸りたかった。恥ずかしさを忘れるため、思い出に浸りたかった。

モイゼスが十三歳だったある日、白いスーツを着た男の人が教室に入ってきた。ブエノスアイレス最大のスラム街ビジャ31の小さな学校には、ひと部屋に五十人以上の生徒がいた。男の人は奇妙なアクセントのスペイン語を話した。彼はフランス人で、トバの言葉を話せる子どもを探しているのだという。子どもたちはみんな笑った。トバがなんなのか、誰も知らなかった。新しいダンス？　翼の生えたヘビ？　テレビドラマ？　モイゼスは教室の奥で体を小さくしていた。トバ語を知っていると、モイゼスは言いたくなかった。男の人に気づかれたくなかった。これは罠なのだと、初めから見抜いていたかのように。

トバというのはボリヴィアとパラグアイに挟まれた地域に暮らす小さなコミュニティーのことで、トバ語を話す人は世界で五万人にも満たない、と男の人は説明した。しかしトバの人々は、森林破壊の余波で故郷の地を離れ、アルゼンチンやブラジルの大都市に散らばらざるを得ず、彼らの言葉は消えようとしているのだと。

生徒たちの視線が、さっそくモイゼスにむけられた。彼がパラグアイ出身だと、みんな知っていた。ときおり、誰にもわからないおかしな単語を使うのにも気づいていた。

男の人はさらに説明を続けた。トバ語を話せる子どもを探しているのは、本を一冊その言葉に訳したいからだ。もともとフランス語で書かれた本だけれど、すでにたくさんの言葉に訳されている。とても珍しい言葉にも。そうすれば、失われかけたその言葉が救われると。協力してくれる子どもたちのためにお金も用意してあると男の人は言い、本の題名は『星の王子さま』だとつけ加えた。

モイゼスの名前を漏らしたのは、ロペス・イ・プラネス先生だった。結局少年はいつまでも抵抗できず、うんと言った。千ペソももらえるのだから、悪くない話だ。

それからモイゼスは何か月ものあいだ、ブエノスアイレスに住んでいるほかのトバの子どもも五人とフランス人学校に毎週通い、スペイン語で聞かされた『星の王子さま』の話をトバ語に訳した。

作業は数か月に及んだ。それは思ったほど簡単ではなかった。トバ語には王子やネクタイ、ガス灯を示す言葉が存在しなかった。さいわい、ほかの言葉は簡単だった。太陽とか海とか、星、花、キツネも。モイゼスはうまくやり遂げた、と教師たちは言った。

というのもその本が、モイゼスはとても好きだったから。王子さまとバラの愛の物語ゆえにではない。愛の物語は信用できなかった。好きな女の子には、お金がなくて近づけない。

そう、この本で彼が気に入ったのは、王子さまが小惑星について言ったことだった。例えばバオバブがはびこるのを避けるため、星を丹念に整えておかねばならないというような話が。王子さまは毎日、根を抜かねばならなかった。モイゼスはベッドのうえに、本のなかでいちばんすばらしい挿絵を張った。怠け者の住人がまだ小さい三本の木を放置していたばかりに、三本のバオバブの根で今にも破裂しそうな星の絵だ。星の手入れをしなければならないという考えが、彼は好きだった。ブエノスアイレスのいとこたちが話してくれたっけ。トバの人々が住んでいたパラグアイの森が、どんなふうに伐採されたかを。今はもう、なにも残っていない。森のあとに造ったはずの道路や家もなくなり、雨が降ればぬかるみが、冬には埃が広がるばかりだと。

モイゼスが十五歳のとき、ようやくトバ語版『星の王子さま』が出版された。彼はアルゼンチンのフランス大使館で行われた盛大なセレモニーに招かれた。居並ぶお歴々の前で、トバ語でスピーチをする大役にも選ばれた。長い黒髪と鷲鼻《わしばな》の彼は、意気揚々と裸足で演壇にあがった。スピーチはたった二分だったけれど、参列者たちを感動させた。彼は『星の王子さま』のなかにはないサン＝テグジュペリの言葉を、トバ語に訳した。

われわれは親から土地を受け継ぐのではなく、
子どもたちから借りているのだ。

シャンパンを飲んでカシューナッツをかじっている参列者たちに交じると、お歴々がやって来て口々に彼を褒め称えた。白髪交じりの男が、あれはサン＝テグジュペリ自身の言葉ではないと教えてくれた。よくそう言われているけれど、実際にはネイティブ・アメリカンかアフリカのことわざから取ってきた言葉なのだと。でもそれは、どうでもいい。大事なのは希望のメッセージだ。わたしといっしょに働かないか、と男はモイゼスに申し出た。

こうしてモイゼスは何年ものあいだ、さまざまな環境保護団体で働くことになった。つまりは水や土地、空気や人間を守る団体だ。彼は南アメリカをほとんどすべて駆けまわり、いろんな仕事を請け負った。リオやカラカス、ボゴタでほかのトバと出会うこともあった。そんなとき、自分は仕事があって酒を飲まず、希望を抱いている数少ないトバのひとりなのだとよくわかった。そのたび、これは『星の王子さま』のおかげだと思った。それにアマゾニア（南アメリカ大陸、アマゾン川流域の熱帯雨林地帯）やメキシコのチアパスであちこちの部族を訪ねたり、人里離れた奥地の住民と交渉しに行くとき、『星の王子さま』はパスポート代わりにもなった。彼がこの話を語り始めるや、子どもたちは感嘆して目を見張り、大人たちは驚いたように聞き入った。そして老賢者たちはそのとおりと言わんばかりに、大きくうなずくのだった。バラはかいめのもの。忍び寄る破壊に脅かされている。人間は自分たちの星に責任があるんだ。

モイゼスがマナウスのクラブ〈ラッパ・バー〉で二十歳の誕生日を祝っていたとき、ニューヨークから来たマリ＝スワンに話しかけられた。ブラジル北部アマゾナス州の州都に立つ金髪の女性は、空から降りてきた宇宙人というか、砂漠に落ちてきた王子さまのようだった。そのせいで、つい彼は首を縦に振ってしまったのだろう。常軌を逸した決断を下してしまった。マリ＝スワンは彼の噂《うわさ》を聞きつけた。サン＝テグジュペリにかける情熱や旅好き、珍しい言語に詳しいことなどを。それではるばるニューヨークから足を延ばしたのだ。彼女はモイゼスを仲間に加えようと思った。お金なら、いくらでもある。彼女は〈ラッパ・バー〉から客が引けるとドアを閉め、一杯やろうとモイゼスを誘って話の続きを打ち明けた。『星の王子さま』のもっとも熱烈な信奉者何人かで、会を結成することになった。限られたメンバーだけで構成する会で、名前はクラブ６１２。モイゼスもそこに加わらないかというのだ……マリ＝スワンはもっと飲むよう勧めた。『星の王子さま』には、行間に隠された真実がある。解読すべき暗号《コード》、発見すべき宝がある、と彼女は言った。それを見つけるのが、クラブ６１２の目的なのだと。クラブのメンバーは年寄りばかりなので、若いトレジャーハンターを探している。有能で、旅慣れていて、地図が読めて、すべてを捨てることを恐れない者がいい。マリ＝スワンに勧められ、さらに飲んだけれど、モイゼスは彼女の話が信じられなかった。するとマリ＝スワンはしばらく彼を待たせ、地図を取ってきた。参謀本部地図、海図、森の地図、ハイキング用地図。これらの地図は、ほかのメンバー五名のひとり、地理学者から提供されたものだ、と彼女は説明した。地理学者は手紙や作品のなかの数字を細かく検討し、仮説を組み立てたのだという。

モイゼスはそれから十五年を費やし、『星の王子さま』の遺言を探し続けた。地理学者が得た手がかり、オコ・ドロの資金、マリ＝スワンの人脈、イザールの庇護に助けられ、世界中を巡った。ジュビー岬の砂漠やパリの街区、地中海の海岸、パタゴニアの草原を歩きまわり、フエゴ諸島やアンデス山系、大西洋や太平洋の火山島まで調べた。やがてそんな調査が強迫観念になり、モイゼスはほかのトバと同じくらい酒を飲むようになった。そうしてここに流れ着いた。初めはグアテマラ、それからエルサルバドルに。

ここに流れ着いた。

しかしなにひとつ見つけられなかった。

それでも飲んで飲み続けたのは、真実がここに、目の前にあるとまだ確信していたからだ。見えないのは、見方がわからないからだ。心で見るやり方が。

彼はテキーラのボトルを空け、メスカル酒のボトルめがけて放り投げた。そうすれば足もとに置いた四角い箱を、膝のあいだに挟める。

彼はひとりで笑った。

何年も、郵便物なんか来たことがない。

訪問客となれば、なおさらだ。

眠りこむ前に、巨大な工事現場に囲まれた奇妙な海岸を、最後にもう一度眺めた。

21

わたしはサン・ミゲル飛行場の狭い滑走路に着陸した。舗装が雑なのか、ところどころにある小さなへこみをよけて、ジグザグに進む離れ業をやってのけた。

「けっこううまいじゃない」とアンディが褒めた。

わたしは安全ベルトをはずした。何時間もの飛行で、もうくたくただった。

「まあ、サン＝テグジュペリよりはね」

アンディはすぐに反応した。

「そんな言い方ってないでしょ。サン＝テックスは優秀なパイロットだったのよ。ちょっと注意力が散漫だっただけで」

「へえ……そりゃまた大胆だな」

アンディは笑いながらジェット機から飛び降りた。

「たしかに飛行機の操縦中、何度も死にかけたけれど。ル・ブールジェでは多くの打撲傷を負ったし、地中海では水上飛行機に乗って溺れかけた。もちろん砂漠で渇きに苦しんだこともあるし、グアテマラでは一九三八年、飛行機が粉々になって命を落とすところだった。初めはみんな、もうだめだと思ったそうよ。彼はここから近いアンティグアの病院で、危うく左腕切断手術を免れた。アンティグアっていうのは、グアテマラの首都だった町よ。コンスエロは大西洋を渡る船のうえで知らせを受けた。ちょうど二人は仲たがいをしている最中だったけど……彼女はサン＝テグジュペリの枕もとに駆けつけ、甲斐甲斐《かいがい》しく看病した……こうして輝ける奇跡の恋人たちは、その後の何か月かを仲よくすごした」

　わたしは手入れの悪い滑走路を眺め、奇妙なノスタルジーを感じた。もしわたしもジャン・メルモーズやアンリ・ギヨメ（いずれもサン＝テグジュペリの同僚の飛行士）、サン＝テグジュペリといった飛行士たちと同じ世代だったら、命を落とすかもしれないと覚悟を決めて、彼らのように旧式の飛行機で世界中を飛びまわったりしただろうか？

　アンディはアスファルトの割れ目から生えたスミレの花を摘んだ。

「コンスエロは快方にむかっていたトニオといっしょに、さびれたアンティグアの町を散歩したときのことを、こんなふうに語っているの。サン＝テグジュペリは町にいっぱい咲いているバラの花を一輪摘んで差し出し、いつか彼女をヒロインにした物語を書くと約束した」

　そのエピソードはあまりに美しすぎて、本当のこととは思えなかった。

「さてと……」

　わたしもジェット機から降りようとして、コックピットの天井に頭をぶつけてしまった。

「あ痛！」

　それを見てアンディは大笑いした。

「あなたがサン＝テグジュペリより優秀なパイロットかどうかはわからないけど、彼と同じくらい不器用そうね。サン＝テグジュペリは大きくてのろまな熊みたいだった。自分の体重や背丈、腕力のほどがわからずに、しょっちゅうドアにぶつかったり、触るものを端から壊していた……一度など、ピアノまで壊したそうよ。あなたみたいにね！」

わたしはむっとして額をさすった。

「言いすぎだぞ！」

そうとも、わたしはピアノを壊したことなんかない。

「それに」とアンディは続けた。「サン＝テグジュペリはいつもしわくちゃの服を着てた。靴は片方なくし、寝るときは服を着たままだった」

アンディはわたしをじろじろ眺め、にっこりした。自分がどんな有様か、あえて見るまでもなかった。シャツの裾がズボンのうえにたれているのは、たしかめてみなくてもわかる。わたしは顔を赤くした。こっちは何時間もジェット機を操縦してきたんだ。

アンディはさらに大きな声で笑った。

「わたしはなんとも思ってないよ。むしろ誉め言葉なんだから、飛行士さん。あなた、サン＝テックスに劣らずすてき。うしろを見て。あの火山を」

わたしはふり返った。黒い砂浜みたいに丸みのあるコンチャグア山の頂が、あたりを見おろしている。まるで山が砂浜に足を浸しているかのような、すばらしい眺めだった！

暑さが襲いかかってきた。わたしは景色に目を見張りながら言った。

「ひと泳ぎするかい？」

けれどもアンディはわたしの言葉など聞きもしないで、もう走り始めていた。

コンチャグイタ島に行きつくまでが、またひと旅行だった。列車、バス、車、船。長旅のあいだにわたしは鍵をなくし、バッグを忘れ、水に落ち、最後に残った着替えのTシャツにトルティーヤのアボカドペーストをこぼした。やりすぎよ、とアンディは言った。なにも無理にサン＝テグジュペリに似せて、歓心を買おうとなんかしなくていいと。彼女は英語に劣らずスペイン語も上手で、ニューヨークのタクシー運転手ともエルサルバドルのバス運転手ともたちまち自然に打ちとけた。地球上どこへ行っても、自分の家にいるみたいにくつろいでいる。

ようやく船がコンチャグイタ島の埠頭に着いた。

エルサルバドルとホンジュラス、ニカラグアに面したフォンセカ湾に浮かぶちっぽけな島を、わたしたちは目を丸くして眺めた。椰子の木より高いクレーンが、森のうえに突き出ている。わたしたちの釣り船が横づけした浮橋の側にはコンクリート製の長い防波堤が築かれ、ありとあらゆる荷を積んだ貨物船が係留されていた。鉄、石膏《せっこう》、セメント、ガラス。港に張り出された大きなポスターを見れば、開発業者のもくろみは明らかだ。あと数か月もすれば、このさびれた島に巨大な複合宿泊施設がオープンするのだろう。

わたしが〈パラダイス・アイランド〉のポスターに見入っていると、アンディは目の前のフードトラックへ走っていった。そして口ひげを生やし、タトゥーを入れた店主に、モイゼス・コチャヴはどこにいるかたずねた。

店主はためらわず、隣の浜を指さした。

☆

「まずは郵便が届くようになり、次には人々がやって来る……コンチャグイタ島に終末が迫っているな」

モイゼスはわたしたちの健康を祝ってボトルを掲げた。そしてわたしたちが歩み寄るあいだに飲み干すと、空のボトルを砂のうえに投げた。モイゼスは、ひと気のない浜辺のココヤシに寄りかかっていた。わたしは打ち捨てられた藁葺《ぶ》き小屋の椅子をひとつ、持ってこようとした。ところが椅子はみんな、太い鎖で椰子の木につないであった。テーブルも、ごみ箱や錆びた自転車、バーベキューセットも、浜辺に点々とするものはすべて鎖でつながれていた……

妙だな……こんなもの、誰が盗むっていうんだ？

いつもなら目ざとく気づくアンディは、なにも言わなかった。モイゼスの前で砂のうえにすわりこみ、彼に見とれている。

モイゼスはハンサムだった。世界一周をする船のように美しい。

やがては難破船と化すだろうけれど。

モイゼスは饒舌《じょうぜつ》ではなかった。彼が話し始めるまで、何分も待たねばならなかった。そのあいだにわたしはアンディの指示で、コロナビールとメスカルレポサド酒を両腕に抱えてフードトラックとのあいだを三往復もした。モイゼスは三本目のコロナビールでオコのことを思い出し、六本目でようやくマリ＝スワンを思い出した。メスカルの小瓶が半分空くと、やっと記憶がよみがえってきたらしい。

「クラブを作ったんだ」とモイゼスは、アンディをじっと見つめたまま言った。せっせと酒を運ぶわたしのほうは、ガラスのボトルと同じで、透明だとでもいうように。「もっともすぐれた『星の王子さま』の専門家を集めたクラブを。メンバーにはそれぞれ役割があった」

オーケー、とわたしは思った。オーケー、モイゼス、そこまではもうわかってる。

「われわれは多くの仮説を立てた。組んだ足場はそのたびくずれ落ち、記録の山が残った……」

それはわかってる。アンディがジェット機のなかで、記録にもすべて目を通した。何時間もかかったけれど。

モイゼスは黙って、失敗に思いを馳せていた。アンディはようやくまわりのようすに目が行ったらしい。わたしと同じように、なんだろうあの壁は、と思っているのだろう。太平洋と海岸を隔てる、高さ数メートルもの奇妙な壁。どこまで続いているのかもわからない。もしかしたら、島をぐるりと取り囲んでいるのかも。なんのためにこんな壁を築いたのだろう？　移民が入りこんでくるのを防止するため？　不法移民が？　メキシコ人が？

「クラブ612のメンバーどうしは、顔を合わせることもあったんですか？」とアンディはたずねた。

「ああ」とモイゼスは口ごもるように答えた。「毎年集まって、それまでの成果を検討し合った。セミナーみたいなものだな。選ばれし者のあいだの教皇選挙会《コンクラーベ》とでも言おうか。われわれはイザールのところに集まって、何日もすごした。それがクラブにおける彼の役目だったんだ。彼の宮殿でわれわれをもてなすことが。そこで何時間も議論したが……成果はなかった」

宮殿だって？

ようやく新情報が得られた……

わたしは頭のなかで話をまとめた。してみると、オコのリストでモイゼスの次に名前のあったメンバー、イザールが王さまということか！　モイゼスはもちろん酒飲みだ。その次に名前のあったホシが点灯人で、残るは謎の地理学者……

モイゼスは再び遠い記憶のなかに身を沈めた。アンディは今回もわたしより素早かった。彼の目を覚まさせるために、コロナビールの瓶と瓶を陽気に打ち鳴らした。

「いい知らせがありますよ。わたしたちがあとを引き継ぎます。オコさんがミッションの続きを、わたしたちに託したんです。調査をいちからやりなおしています。マリ＝スワンさんの告白によれば、星の王子さまを殺したのはバラだとか。あなたもそう思われますか？」

アンディときたら、今にも警官のバッジを取り出すんじゃないか。

モイゼスはあわてたようすもなく、体を揺すってくつくつと笑った。ビールの泡が指を伝って流れ落ちる。

「やれやれ、あいかわらずだな、スワンは。いつでもほかのバラたちに嫉妬しているんだから……特にコンスエロに！　でもあの女たらしに夢中になったバラたちの誰も、彼を傷つけたりしやしなかった。みんな、トニオをとても愛していたんだ。バラが王子を殺しただって？　問題外だ」

「問題外って、どうして？」

「どうして？（モイゼスはコロナビールをいっきに空けた）どうして？　そりゃもちろん、話が逆だからさ」

「話が逆？」

「そう、まったく逆だ（彼はビールの栓を歯であけた）。コンスエロを捨てたのは、トニオのほうなんだぞ。王子がバラを捨てたみたいにね。それでバラは死んでしまった！」

「なんですって？」

アンディは砂のうえで飛びあがった。勢いあまって、コロナビールが腕に飛び散るほどだった。不器用なのはわたしのほうだって、どうせあとから言われるんだろうけれど。

「字は読めるんだろ？」とモイゼスは苛立たしげに言った。「王子さまは卑怯者《ひきょうもの》だった。薄情な恋人だったんだ。檻《おり》に閉じこめられるのを恐れ、渡り鳥といっしょに逃げ出した。あとで後悔しているけれどね。〝ぼくは逃げ出すべきじゃなかった〟と。そしてなんとも見苦しい言いわけに逃げこんでしまう。〝ぼくは幼すぎて、花を愛してやれなかった〟って。だからって、責任逃れができるわけじゃない。バラがさよならの代わりに〝幸せになってね〟と言ったとき、もう王子は戻ってこないだろうとわかってたんだ」

モイゼスは何本目かのビールを飲み干した。こりゃフードトラックのビールは、タンクローリー車で配達してもらわないと。

「バラは死んでしまったと、王子にもわかっていた」とモイゼスは続けた。「それが真相だ。ひとりきりで星に残され、水もなければ守ってくれる人もいない。花は〝そのうち消えてなくなるかもしれない〟と王子はわかっていた。〝たった四つの棘《とげ》で、まわりの世界から身を守ろうとしていた。そんな花を星にひとり置いてきてしまった〟のだと。不幸なトニオはそう思って泣いた。〝いきなりわっと泣き始めた〟。一年間も、ひとりきりで。後悔するにはもう遅い。哀れなトニオよ!」

アンディが考えこんでいるあいだ(彼女がそんなふうに眉根を寄せているようすは、なかなか悪くなかった)、わたしはまた浜辺の木に鎖でつながれたテーブルや椅子を見まわした。あんなものを、どうして縛りつけておくんだろう? 嵐で吹き飛ばされないため? でも空模様からして、わずかな雲を払いのけるほどの風もなさそうだ。飛行士の見立てだから間違いない。

「王子さまはバラを見捨てたってこと？」アンディが口をひらいた。声には一抹の憂愁が感じられる。「サン＝テグジュペリがコンスエロを見捨てたように？」

「そうとも……彼はこの国、エルサルバドルの王女さまを誘惑し、かわいらしいエキゾチックな動物みたいに愛した。彼女と慣れ親しみ、やがて飽きてしまった。彼女になにひとつ残すことなく、サン＝テグジュペリは姿を消した。遺書もなければ、彼女が唯一無二のバラだという確たる証拠も示さないままに。約束した続編や、彼女への献辞もなしに……サン＝テグジュペリは姿を消した。卑怯者の自分と正面からむき合うのが怖かったから！」

アンディはもの思わしげに黙りこんだ。脳味噌《のうみそ》からなにか考えを絞り出そうとしているかのように、ぎゅっと顔をしかめている。そういやニューヨークの図書館で、削除線だらけの手稿を解読していたときにも、同じように魅力的な表情をしていたっけ。慣れ親しんだ友だちのキツネが登場する章、責任と小麦畑の章だ。

温かい小糠雨《こぬかあめ》が、浜辺に降り注いでいる。工事中の豪華ホテルは雨粒を受けて、にょきにょきと大きく伸びていくかのようだ。

「じゃあ、誰が星の王子さまを殺したんですか？」とアンディはたずねた。「誰がサン＝テグジュペリを殺したんです？」

モイゼスはなにも答えず、太腿《ふともも》のあいだに白いおかしなボール紙の箱を挟んで、ポケットのなかを漁っている。そして探していたものをようやく取り出すと、わたしたちに差し出した。それは二通の赤いビザだった。

わたしはクラブ612第四のメンバーの住所を思い出した。イザール、アーミニア自治王国、オークニー諸島、スコットランド。

「これがきみたちの役に立つだろう」とモイゼスは言った。「アーミニアの税関は、いささかうるさいからな」

酒飲みは大笑いすると、こう言った。

「さあ、もうひとりにしてくれ」

わたしは立ちあがったけれど、アンディは動かなかった。

「もうひとりにしてくれ。寝るならどこかよそへ行け……来るのが少し早すぎたようだな。残念ながら、ホテルにはまだ泊まれないぞ」

モイゼスはまた笑った。アンディはようやく立ちあがった。歩きながらモイゼスをふり返ると、彼は自分の体にも丹念に鎖を巻きつけ、ココヤシの木につないでいた。まるで天変地異が迫っているかのように。

22

「もしもし」

「ヌヴァン、心配してたのよ。今、どこなの?」

「アメリカさ……まだアメリカにいるんだ」

「ニューヨークに？」

「いや……そうじゃなくて……もうちょっと南に」

「よく聞こえないわ。うしろの音がうるさくて」

「ああ、工事をしているんだ……」

「まわりに人がいるの？　町の通りからかけてるってこと？」

「いや、そうじゃないんだが……」

「どこなのよ、ヌヴァン」

「実はその……島にいるんだ」

「島ですって？　アメリカの？」

「エルサルバドルの……さびれた島なんだが」

「……………」

「聞こえてるかい、ヴェロニック？」

「もちろんよ。わたしはずっとここにいる。どこにも行きはしないわ」

「……………」

「ワニとかいるの、ヌヴァン？　蜘蛛《くも》は？　海賊は？　あなたのことが心配なのよ。早く帰ってきて」

「明日、ジェット機でヨーロッパへむかう」

「じゃあ、帰ってくるのね」

「まあね……でもその前に、一か所寄らなくては……スコットランドへ。スコットランドの北に」

「ヌヴァン？」

「なんだい？」

「ヌヴァン、わたしを見捨てないでね」

「なに言ってるんだ？」

「声がよく聞こえないのよ。ともかく、わたしの話を聞いて。聞くだけでいいから。わたしを見捨てないで。あなたが必要なの。あなたがいないと不安なのよ。花びらが落ちてしまう。あなたがいないと、しおれてしまうわ」

23

わたしたちは赤い夕日を前に、浜辺にすわっていた。

労働者たちが大陸に戻ると、島は静まり返った。常連客らしい何人かが、竹で葺いた小屋でひっそりと夕食のイワシを食べている。埃だらけのボールの周囲を、子どもたちが走りまわっていた。白いエプロンをかけた若い料理人が、褐色の髪の小柄なウエイトレスを抱き寄せ、水平線に沈む夕日をいっしょに眺め始めた。

愛するとは、
共に同じ方向を見つめることだ。

わたしたちは翌朝、島を発つ。とても早くに、最初の釣り船で。小屋では焼いた肉や魚、甘い飲み物やアルコール飲料を出してくれたが、泊まる部屋はないという。だからわたしたちは星空の下、フォンセカ湾の静かな浜辺で寝た。むかいの浜では酔ったモイゼスのいびきが、コンクリートミキサーの代わりにがなりたてているだろう。ここには工事現場もなければ、鎖でつながれたテーブルや椅子もなく、砂浜と海のあいだに壁もたっていない。青い海の水と赤い太陽があるだけ。アンディの髪のように赤い太陽が。

「夕暮れって、好きだな」とアンディは言った。「王子さまの星はとても小さいので、椅子を数歩分動かすだけで、好きなだけ黄昏《たそがれ》を眺めることができるのよね……待つ必要なく」

わたしはなにも答えなかった。ヴェロニックのことを考えていたから。

それにわたしはこうも考えていた。夕暮れがすばらしいのは、ゆっくりと沈んでいくのを待つからこそじゃないかって。

「王子さまはこう言っている」とアンディは続けた。「ひとは寂しいとき、夕日を見たくなるって……一日に四十三回見たこともあったんだって」

「じゃあその日は、そんなに寂しかったのかい?」

アンディはわたしのほうをふりむき、にっこりした。金色に輝く夕焼けに染まって、とてもきれいだった。

「いえ、四十四回だった!」と見習い探偵は言いなおした。「『星の王子さま』のオリジナル版では四十四回だけど、フランス版では長いこと四十三回になっていたのよね。しかも残っているタイプ原稿のひとつには、四十三回と書いてあるし……こんな些細《ささい》な点にも、サン=テグジュペリはこだわっていたらしい。どうしてかは、わからないけれど。そもそも、なぜ四十三なのか? それは自分の年齢、『星の王子さま』が出版された年、彼が戦地に赴いた年だった。だからサン=テグジュペリにとって、悲しい数字だったのかも。だけど、この手がかりひとつだけでは……」

わたしはアンディの口に指をあてた。

「黙って。ここはしばらくなにも言わず、黙って眺めるんだ」

わたしは彼女の手を取った。

静寂がわたしたちを包み、熱い風が運ぶコーヒーとココナツの香りがあたりにほんのり漂った。

「夕日も悲しくはないさ」とわたしは言った。「二人で見ればね」

「あなたって、わたしに劣らずおしゃべりね。話さないではいられないんだから」

今度はわたしがにっこりした。握った彼女の手は温かかった。

「きみは何歳なんだ、アンディ？」

「王子さまの年齢よ……夕日の前で悲しくなる年ごろ。でも、誰かといっしょに見られるなら嬉しいって思う年ごろ。恋する年ごろ」

　わたしたちの手にかかる砂は熱かった。

「変わってるな、アンディって名前は。男の名前みたいじゃないか」

「探偵なら、男の名前を名のったほうがいいでしょ？」

「そんなことないさ」

「そう？　だったら打ち明けるけど、飛行士さん、アンディは本名じゃないの……仕事上の必要性から、ちょっと変えたのよね。わたしの本名は……オンディーヌ」

　わたしたちの足にぴちゃぴちゃとかかる波も熱かった。

「オンディーヌ？　それはまた……ずいぶん女性的な名前だな。思うにきみの本名は、星の王子さまとなにか関連してそうだな」

「ご名答！　ますます推理が冴《さ》えてきたじゃない、刑事さん。サン＝テグジュペリが好きだったアンデルセンの童話『人魚姫《ラ・プティット・シレーヌ》』は、『ラ・プティット・オンディーヌ』って呼ばれることもあるでしょ。彼の入院中、女優のアナベラが枕もとで読んであげたお話なの。たぶん星の王子《ル・プティ・プランス》さまはそこからインスピレーションを受けたんでしょうね……」

　わたしは彼女の口に、もう一度指をあてた。

「しっ、ストップ」

アンディは黙った。太陽は沈んでしまったが、水平線はまだ赤く燃えていた。熾《おき》を放りあげたみたいに、星がいくつか瞬いていた。まわりにあるなにもかもが美しい。わたしはもう、ヴェロニックのことも頭になかった。

「オンディーヌ？」

名前を変えただけで、すべてが変わって見えた。そこにいるのはもう赤毛の子ギツネではなく、金色の花びらをしたバラだった。わたしは倦《う》まずに寄せる波のように繰り返した。

「オンディーヌ？」

「なに？」

「オンディーヌ、おしゃべりは明日の朝まで終わりにしないか。星を数えあげるのもやめだ。王子の小惑星Ｂ６１２や、王子が訪れた小惑星３２５から３３０の話も、彼にちなんで名づけられた実在の星の話も。いいかい？」

「ええ」

オンディーヌ、アンディ、アンディーヌ。彼女は浜辺に寝ころんだ。顔を星空にむけて。その姿は月影の砂丘を思わせた。わたしは砂にまみれた彼女の肌に、唇を押しあてたかった。砂粒をいくつか、盗み取るために。

わたしはトニオのことを思った。バラのことやバラを覆うガラス容器のことを思った。小惑星、渡り鳥、どれも同じようなバラたち、クロベの木に囲まれたわが家、わたしのバラのことを思った。

「アンディ？」

「なに？」

「おやすみ、アンディ、よい夜を。眠らなくては。明日はアーミニア自治王国まで、十五時間近く飛ぶことになるからな」

24

モイゼスは頭上を飛び去るファルコン９００を思い浮かべた。

まだ朝、早いというのに、二人の調査員は最初の釣り船で島を発った。ポンプやパイプ、タービンを積んだほかの船も、すでに到着している。

水が増え始めた。

モイゼスは体に巻いた鎖がちゃんとココヤシの木につながっているかたしかめ、南京錠《なんきんじよう》の鍵を砂浜に放り投げた。こうすれば助け出そうにも、時間がかかる。鉄の鎖を切断したり、ココヤシを切り倒したりするには、時間がかかりすぎて……

みんなだって、おれといっしょに溺れ死ぬつもりはないはずだ。テキーラやメスカル、コロナビール。そんな酒びたりの酔っぱらいのために、溺死しようなんて誰も思わない。

タービンとつないだパイプから、海水より澄んだ水が吐き出されている。

時間はある。箱をあける時間は。箱はとても軽い。

箱は浮くだろう。ほかのものは皆、家具や家、木々、それに鎖で縛られたものは皆、水底に沈んだままだろう。このおれと同じように！

労働者たちが通りかかり、そこをどけと合図した。けれどモイゼスは動かなかった。労働者たちは肩をすくめた。勝手にしろ。どのみち、〈パラダイス・アイランド〉に住むのはわれわれじゃない。

客室が三千。ゴルフ場に動物園、映画館。けれど海は冷たくて塩分濃度が高く、泳ぐには危険すぎる。だから広く観光客を集める唯一のアトラクションは、世界一大きなプールだった。広さ九ヘクタール、貯水量約三億リットル。チリのプールが持つ世界記録二億五千万リットルを、深さでしのごうというのだ。

島の三分の一を水でいっぱいにするには、三日以上かかるだろう。

断末魔の苦しみがゆっくりと続く。

われわれは親から海を受け継ぐのではなく、
子どもたちから借りているのだ。

モイゼスは白い箱をあけることにした。覚悟が決まれば手が震えることもない。罠が仕掛けられているなら、それもしかたない。送り手がおれに死刑を宣告したのなら。

ずっと前から、反応がすっかり鈍っている。

ずっと前から、なにもかも失っていた。

あの秘密を追い求めることで。それでも黄金郷《エルドラド》は存在すると、彼は確信していた。あの二人、赤毛の王女さまと飛行士にそれを見つけて欲しいと思っていた。たぶんあの二人なら、もっとうまくやりとげるだろう。

ふたがあくと、ヘビが飛び出した。モイゼスは避けるそぶりも見せなかった。

彼のこめかみのあたりに、きらりと黄色い光が輝いただけだった。

彼は一瞬、体をこわばらせた。叫び声はあげなかった。

やがて砂の塔が倒れるみたいに、静かにくずれ落ちた。

タービンモーターのせいで、音ひとつ聞こえなかった。

25

「よく眠れた？」とアンディがたずねた。

「ああ」

「そうは思えないけど。自分の顔を見たの？」

「なにが言いたいんだ？」

「震えてるじゃない……ボタンを端からいじりながら、操縦席で体を揺すってるし」

「勝手に決めつけて……」

「ああ、そういうことか」とアンディは、ほとんど見えない環礁に気づいて叫んだ。水面《みなも》に映るファルコン900の影の下、そこだけ海中が明るく色づいている。「またバミューダ・トライアングルのうえを飛んでるのね。コンパスがみんな、イカレちゃいそうなんだ」

わたしは肩をすくめた。行方不明になった貨物船や飛行機の話を蒸し返したくなかった。アンディは皮肉っぽい表情でジェット機の計器をおかしそうにたたいた。風速計、高度計、昇降計……

気に障るやつだ。

けれどわたしがなにも言わないのに、アンディは急に手を止めた。あわてたような目で、GPSを茫然と見つめている。

「アンディ、幽霊でも見たのか？」

「いえ、そうじゃないけど」

「じゃあ、どうしたんだ？」

「なんでもないって」

わたしはますます苛立った。

「やけにあれこれ、秘密めかすじゃないか。ニューヨークの図書館で、『星の王子さま』のオリジナル手稿を前にしたときの反応もそうだった。あのときもきみは、すぐに……」

「あなたを困惑させないためよ。頭のなかでパズルのピースを組み立てているの。うまくはまったら話すから……」

それでわたしが納得すると思ったら大間違いだ。

「そりゃどうも。よくわかった。ぼくはタクシーの運転手にすぎないってことか。夕日をいっしょに眺めたときは、もっと打ちとけてくれたのにな、人魚姫さん」

「そうじゃない……わたしは今より悲しかっただけ。というか、今よりメランコリックだっただけ（彼女は微笑んだ）。花の気持ちは、とてもうらはらなものなの」

笑顔でやりすごそうたって、ここは簡単に引き下がれない……

「ああ、そうかい。だったら胸にバッジでもつけて、今はアンディかオンディーヌかってわかるようにして欲しいね」

「怒らないでよ、ヌヴァン」

「ど素人で悪かったたな、アンディ……どうしてオコがぼくを選んだのか、わけがわからない。ぼくは滑走路にへばりついて汚れた油に鼻先を突っこんでる、欲求不満の整備士にすぎない。『人間の大地』どころか超人の大地を旅する飛行士とは似ても似つかないさ。地図もなしにアフリカやアメリカの空を飛びまわり、道も果樹園も家も熟知している飛行士とは」

でも胸にやさしく訴えかける彼女の目に、どう抗ったらいいんだ？

「ねえ、ヌヴァン、サン＝テグジュペリはただの空想家、ただの詩人じゃなく、科学者でもあった。彼もエンジンに鼻を突っこんでた人間よ。航空技術について、特許を十三も取ったくらい。言葉と同じくらい数字も好きだったのね。よく数学のパズルを作って、友人たちに披露してた。『星の王子さま』のなかでも数字と戯れてる。〝大人は数字が大好きだ〟と言いながら、物語のなかで次々に数字を出してくる。小惑星Ｂ６１２を初めとして、小惑星３２５から３３０っていうふうに」

反論はやめておこう。

「オーケー、わかった。われわれは秘密のコードを探している。サン＝テグジュペリの遺言が隠されている金庫をあける番号ってわけか」

「からかわないで。例えばサン＝テグジュペリがこんなふうに書いているのは、なんだか妙だと思わない？　〝王子は小惑星Ｂ６１２から来たのだろうとわたしは思っているのだが、それにはいくつかれっきとした根拠がある。その小惑星は一九〇九年、トルコの天文学者によって、一度だけ望遠鏡で確認された〟って。どうしてこんなに細かな話をするの？　例えば、小惑星の番号とか？」

「それなら難しくないさ」

「へえ？」

「６１２……６と12だから。十二月六日（フランス語では月と日を並べる順番が日本語と逆になる）、つまり聖ニコラの日、子どもたちの祝日さ。おとぎ話なんだから、理屈に合ってるだろ？」

アンディのため息が聞こえた。少しばかり、彼女の意表を突いてやったと思うのだが。

「じゃあ、小惑星が発見された年は？　天文学者の国籍は？　サン＝テグジュペリはトルコに足を踏み入れたことはないはずだけど」

「トルコに有名な天文学者がいたのでは？」

「いいえ、そこはちゃんとたしかめたわよ」

わたしはポイントを稼ぐ願ってもない機会を得た。

「だったらサン＝テグジュペリは探検家のことを言いたかったんじゃないかな」

「トルコの探検家ってこと？」

「ああ、ピーリー・レイスっていう名前を聞いたことないかな？」

アンディは、お話を聞くのが大好きな人魚姫《オンディーヌ》に戻った。続きを早く知りたくてたまらないかのように、首をぴゅんぴゅん振っている。

「ピーリー・レイスはルネサンス期のオスマン帝国の大提督、航海者でね。新大陸発見時代、彼は世にも謎めいた大陸地図をガゼルのなめし革で制作したんだ。そこにはアフリカの西海岸や南アメリカの海岸、カリブ海の島々がすべて描かれていた……」

「サン＝テグジュペリが勤めていたアエロポスタル社のパイオニアたちが飛んだ地域と、ぴったり重なっている！」

「まさしく。一五一三年に作られた地図だけど、当時としては信じられないほど正確なんだ。例えば南極大陸までしっかり描かれている。南極大陸が発見されるのは、その三百年後だっていうのに。偶然の一致だとはとても思えないほど……さもなければ、地球の外から観察したのかと思うほど」

「すごいじゃない」

「すごいさ。ピーリー・レイスの地図は、今飛んでいるあたりで終わっている。一部が切り取られていて、大西洋が部分的に欠けている。地図の断片は永遠に失われ……」

アンディはこの世のものとは思われない声を出した。

「宇宙人はバミューダ・トライアングルの秘密を明かしたくなかったんだ！　おまけにわたしたちは今、スコットランドへまっしぐらにむかってるのよ。幽霊と呪われた城の国へね、怖いもの知らずの飛行士さん」

「スコットランドじゃないさ。そこは正確を期さなくては、アンディ。ぼくたちがむかっているのは独立した王国、アーミニア自治王国だ」

王さまの島

他人を裁くより自分を裁くほうが、ずっと難しいんだ。
王さま、小惑星325

わたしは人間のために戦っている。人間の敵を相手に。しかしまた、自分自身をも相手にして。
『戦う操縦士』

26

イザールは八歳だった。彼は父ファウストの手を取った。二人で逃げているところだった。父親は全速力で走ること、溝のなかや塀のうしろに飛びこんで腹ばいになることを教えた。次の瞬間、車や家が爆発する。

イザールの父ファウストはコミュニスト、ナショナリスト、テロリスト、アナキストだった。

彼の父ファウストはヒーローだった。

イザールは父親といっしょに世界中を旅した。フランコ政権を逃れてピレネー山脈を越え、チトー政権を逃れて鉄のカーテンを越え、英仏海峡を渡ったあとはサッチャー政権を逃れ、アイルランドにたどり着いた。父は彼の力を必要とする人々がいれば、主義主張にかかわりなく手を貸した。

今でもイザールはよく覚えているが、ある晩ダブリンでのこと、ファウストは息子のベッドに本を置いた。聖書、コーラン、『毛沢東語録』、『資本論』、それにアダム・スミスの『国富論』もあった。そしてイザールにこう言った。いいかい、坊や、これらの本は何百もの言語に訳され、世界中のどこでも、誰でも読むことができる。でも、これら無数の言葉はなにを生み出したろう？　ただ争いを撒き散らしただけだ。大陸が移動するみたいに着々と、この地上をいくつもの不平等な地域に分割しただけだ。これらの本をよく見るんだ、坊や。著者たちはとても真剣に、わが思想、わが神、わがユートピアを世界中に広めようとした。わたしもそれを信じたんだ、坊や。わたしも。

年老いたイザールの父親はその晩、疲れていた。

でも坊や、おまえはこれらの本を信じてはいけない。さもないとわたしの二の舞を演じて、そこに幻想を抱き続けることになる。

そこでファウストはポケットから、別の本を一冊取り出した。バスク語の本で、表紙には小さな男の子と惑星、星々の絵が描かれていた。

いいかね、坊や。この本は世界中の宗教書、政治論、経済学理論すべてに取って代わりうる。時間はかかったが、わたしにはわかった。

ほかの本はみんな、世界をばらばらにするが、この本は世界をひとつに縫い合わせる。

イザールとはバスク語でどういう意味か知っているね、坊や？

もちろんイザールは知っていた。

イザールは星という意味だ。そしてその晩、父親は彼を腕に抱きしめた。

その晩から、ファウストはミッションのときよくポケットから『星の王子さま』を取り出し、息子にところどころ読んで聞かせた。彼は解説も加えた。これはフランス人が書いてアメリカ合衆国で出版された唯一の本で、ロシアやチェコスロバキア、ルーマニアといった鉄のカーテンのむこう側でも読まれていると説明した。あるときは自信たっぷりに、まだ希望はあると言った。なにやらすっかり落ちこんでいる日もあった。ハンガリーで出された政令を、ちょうど読んだところだったのだ。〈子どもたちは地に足をつけていなければならない。空を見あげたら、スプートニクを捜さねばならない。子どもたちをおとぎ話の毒から守ろう。『星の王子さま』の馬鹿げて不健全なノスタルジーから、子どもたちを守るのだ。あれは愚かしい死への憧れを掻《か》き立てる作品である〉。それでファウストは悲しみに沈んでいた。人間たちはなにも理解していない、と彼は言った。この世はお終《しま》いだ、だからもう吹き飛ばすしかないのだと。

ある晩、ファウストはベルファストのオーモーロードで、統一主義者の建物を爆破した。そこでウィスキーの酔いを醒《さ》ましていた老警官が、巻き添えを食って吹き飛ばされた。ファウストはクラムリンロードの刑務所で七年間服役した。

父親が釈放されたとき、イザールは十七歳だった。

もうなにも、前と同じではなくなった。

父子は二人でスコットランドへ移り、オークニー諸島の無人島に渡った。スコットランドの老ナショナリストが、ファウストの輝かしい過去を讃えて、その島を提供してくれたのだ。二人はそこで何年間も暮らした。イザールの頭のなかで、父親の仕掛けた爆弾がいつまでも爆発し続けた。わたしは間違っていた、とファウストは言った。すべてをやりなおさねばならない、世界を変えられないのなら、もうひとつ別の世界を作ればいい、ここにそれを打ち立てればいい。わかったね、坊や。イザールは三十近かったけれど、ファウストはまだ彼を坊やと呼んでいた。わかったね、ここに別の世界を打ち立てよう。わたしが死んだら、おまえがそれを治める。おまえが……おまえがその世界の王になるんだ。

ある日、ファウストはこの世を去った。イザールは父親の遺灰を北海に撒き、国葬で送った。そのとき彼らの王国は、まだとても小さかったけれど。

しかしイザールは立派に王国を作りあげた。そう約束したとおりに。

それでもひとつだけ、心残りがあった。

スコットランドの地には、バオバブが一本も生えていなかったことが。

27

ファルコン900は、完璧にアスファルト舗装されたアーミニア自治王国の滑走路に着陸した。

「飛行士さん」とアンディが言った。わたしはちょうどエンジンを切ろうとしていた。「オークニー諸島について、ざっと解説してくれる？」

プライベート・ジェットは長い滑走路のうえで、徐々にスピードをゆるめていった。こんなちっぽけな島に、これほど整備された飛行場があるなんて信じられない。

「そうだな、オークニー諸島はヘブリディーズ諸島、シェットランド諸島に次ぐスコットランド第三の群島で、約七十の島から成っている。ひとが住んでいるのは、そのうち四分の一以下だけれど。オークニー諸島全体の人口は……」

「ありがとう」とアンディは遮った。「ほら、見て」

彼女は目をあげ、指さした。

灰色にくすんだ石造りの小さな建物のうえに、奇妙な旗がはためいている。紺碧の地に描かれているのは、なんとバオバブだった。

わたしたちは滑走路を歩いて、ターミナルらしい建物にむかった。なかでは口ひげを生やした税関職員が、木のカウンター越しにわたしたちを迎えた。小柄で体格のいい職員は、星印の肩章がついた緑色の制服を着ていた。エルサルバドルのモイゼスに渡されたビザを、彼は黙って受け取った。

そして疑り深げにためつすがめつすると、スタンプを押した。

スタンプはバラの図柄だった。

税関職員はようやく口をひらき、ひと言こうたずねた。

「両替のご希望は？」

わたしは思わず驚きの声をあげた。

「なんですって？」

「ここアーミニアの通貨単位は狐《ルナール》といって（彼はそこでパソコンに目をやった）、一ルナールは現在一・二七ドルですが……」

「ええと……」

わたしたちがためらっていると、税関職員はあわててつけ加えた。

「首都の市内でも、現金の両替はできます。迎えの車がほどなく着くはずですし」

わたしは驚きを募らせながら、アンディといっしょに外に出て、舗装道路の前に立った。

道は曲がりくねった海岸線の彼方に消えていた。わたしたちは何分も、辛抱強く待った。

「あそこに連なる山」とアンディが喘《あえ》ぐように言った。「あれは火山よね？」

けれどもその先を続ける暇はなかった。

細長いロールス・ロイスが、いちばん手前の山のうしろからあらわれた。車がこちらに近づいてくると、ボンネットの両端にバオバブが描かれた青い旗が見えた。

運転手は肩幅が広くて小柄だが、物腰は申しぶんなかった。彼はロールス・ロイスから降り、白い手袋をはめた手でわたしたちのためにドアをあけると、バラの模様をあしらった制帽をとって一礼した。サングラスの陰から、わたしたちを見つめているのだろう。

アンディは喜色満面で、赤いレザー張りのシートにわたしと並んで腰かけた。ロールス・ロイスは起伏の多い道をゆっくりと走った。島の荒れ地に何百と放し飼いにされているヒツジの一匹を撥《は》ねてしまわないかと、心配しているみたいに。

「そろそろ着くのかしら？」とアンディが、気取った口調でたずねた。

「あと一分で首都に入ります」と運転手は答えた。

わたしの計算によれば、空港から六キロほど走ったはずだ。それに花崗岩《かこうがん》の里程標が道路脇にたっている。
３２５、３２６……
アンディは咳払いをした。

「運転手さん、この王国のことを少し聞かせてもらえる？」

「ええ、喜んで。アーミニアは五十年ほど前に独立した王国です。王国は独自の貨幣を鋳造し、税金を徴収し、専制君主制を敷いて警察組織や小さな軍隊を持ち、経済的な繁栄を享受して……」

「ヒツジによって?」とわたしは、いかにも興味津々そうにたずねた。

「いいえ」と運転手は、むっとしたような顔で答えた。「アーミニアではヒツジを食べたり、売ったり、毛を刈ったりはしません。ヒツジは聖なる動物だとされていますから。アーミニアの本当の富は、海中に隠されているんです。石油ですよ」

里程標327、328、329。

ヒツジがだんだん少なくなり、バラの茂みがはびこり出す。

実直そうな運転手は続けた。

「アーミニアが国連やEUから友好国として認められるよう、外交官たちが奮闘していますが、われわれはいかなる国に対しても政治的な妥協をするつもりはありません。われわれは平和のためにのみ門戸をひらく非同盟国なんです」

最後のカーブにさしかかった。

里程標330。

宮殿は唐突に姿をあらわした。いかにもスコットランドらしい城だった。灰色の石、尖塔《せんとう》、巨人の歯のような石落とし。黄色い丸窓はまるでドラゴンの目だ。

城の破風にはこんな銘文が書かれていた。

権威とはまず、理性のうえに成り立っている。

わたしたちが車を降りると、運転手はロールス・ロイスを裏の駐車場にまわした。わたしたちはお堀をまたぐ跳ね橋を渡り、樫《かし》の扉の前でしばらく待った（まさかバオバブの板ではないだろう。バオバブもここではきっと神聖な木だから、板にしたりしないはずだ）。

扉がひらいた。

白髪交じりであごひげを生やした執事が、扉のむこうに立っている。執事は黄色いしゃれたスカーフを首に巻き、目のうえまでずり落ちた大きなターバンを頭に巻いていた。小柄だが、筋骨隆々としている。わたしたちがなかに入ると、背後で重たい扉を閉め、階段をのぼって大広間まで行くようにうながした。

わたしたちは言葉を失った。

バオバブらしい木の梁《はり》を巡らせ、大きな暖炉が明々と燃える広い部屋には、『星の王子さま』関連の膨大なコレクションがずらりと並んでいる。

わたしは専門家というわけではないが、アンディは『星の王子さま』に詳しいだけに、感激もひとしおだった。ガラスケースのなかに、聖遺物のごとくおさめられているのは、王子さまの剣や肩章の星、夕日を眺めるときに腰かけていた椅子、バラに水をあげるためのじょうろや風よけのついたて、ガラス容器、小さな火山のうえに置いたフライパンだった。なにひとつ欠けていない。

正面のガラスケースには、灰色の石壁にはめ込まれたバラの形のステンドグラスに照らされ、天文学者の望遠鏡、地理学者の大きな地図とルーペ、猟師の銃、ビジネスマンのネクタイが鎮座していた。

アンディはすっかり魅了され、きょろきょろ忙しく見まわしている。

だがとっておきのお宝は、まだその先にあった。いちばん大きな壁一面に、『星の王子さま』の本がずらりと展示されている……世界のありとあらゆる言葉で書かれた『星の王子さま』が！　わたしたちの目の前で、さまざまな文字が躍っていた。色とりどりの王子さま、飛行機、惑星、星がある……まるでそれぞれの国、世界の部族の子どもたちが、手を取り合っているかのように。

わたしは目を見張って、本を数え始めた。

「三百十八種類の翻訳がそろっています」と執事が背後で言った。「世界一多くの言語に訳された小説の、世界最大のコレクションです。これまで出版されたなかで、もっとも広く読まれた物語。山や森の奥地に暮らす民族が、もっぱら口頭で話す言葉に訳したものまである。そうした言葉で書かれた、唯一の物語です。ほら、これを見てください。点字版、映画『スター・ウォーズ』に出てくるオーラベッシュ文字版。それにパレスチナの小学生のためのヘブライ語版も。これほど力強い平和のシンボルは、ほかにないのでは？」

執事はしばらくわたしたちがコレクションを堪能するのを待って、ひかえめに咳払いをした。

「そろそろ玉座の間にむかいましょうか」

執事が新たな扉をあけると、わたしたちは総板張りの部屋に入った。壁には砂漠の景色や火山を描いた絵や地図が、何枚か張ってある。

アンディは紫の花模様に飾られた玉座に目をむけた。豪華な飾りはないけれど、威厳に満ちた玉座だった。それから彼女は、クッションのうえに置かれた王冠を見やった。いっぽうわたしの視線は、壁に張られた地図の一枚に釘《くぎ》づけになった。

わが目が信じられなかった。地図はなめし革に描かれている。

あれはピーリー・レイスの地図ではないか！

アンディにそう知らせる間もなく、執事がまた咳払いをした。

「イザール一世国王陛下のおなりです」

28

王さまはまっ赤な襟のついたすばらしい白貂《アーミン》の服を着ていた。

「ほう、臣下が二人、やって来たな」

王さまはそう言って大笑いした。自分の冗談がよほど面白いと思っているらしい。彼はとても小柄だったので、服の裾を床に引きずっていた。がっしりした肩には星の飾りがついている。

「近《ちこ》う寄って、もっとよく顔を見せなさい」とイザール一世はさらに言った。

わたしたちは命令に従った。王さまは頭に王冠をかぶったけれど、大きすぎて目のうえにずり落ちてしまう。しかしその下の顔には、どこか見覚えがあるような気がした。いつ、どこでとは言えないが、既視感《デジャ・ビュ》がある。

「きみたちは長旅をしてきたのだから」と王さまは続けた。「あくびをしてもかまわんぞ……ここ何年も、あくびをする者を見たことがなかったからな。あくびというのはなかなか面白い」

王さまはまた大笑いした。

「なに、冗談だよ。ただの冗談だ。サン＝テグジュペリの愛好者どうし、楽しまなくては」

彼は椅子を指さした。

「腰かけるよう命じる……いやはや、きみたちのことだからして、わたしがこの島でなにを治めているのかとたずねることだろう。ならばもちろんこう答えようではないか。すべてを治めていると」

わたしたちは腰かけた。イザール一世は玉座についた。

別段アンディは、星の王子さまの一場面を演じ続けたそうではなかった。

「クラブ612について、教えていただけますか？」

王さまはじっくり考えていた。

「もちろん……きみたちはそのために、はるばるこの島までやって来たのだろうが。わかっておる。アーミニアは鎖国しているわけではない。きみたちの調査のことは、しかと耳に入っている。オコ、マリ＝スワン、モイゼス、ホシ、みんな元気かね？　もうずっと、彼らとも会っていないが。よくみんなで、わが城に集まったものだ。わたしが招待し、泊まる部屋も用意した。儀礼に従ってね。なんといっても王子が最初に訪れたのは、わたしの惑星なのだから。クラブ612のメンバーは何日間も城に泊まりこみ、『星の王子さま』について議論したり、自分たちが得た手がかりを共有したり、仮説をあれこれ組み立てたりした。アーミニア王国の建国者である父は、さぞかしわたしを誇りに思ったことだろう」

アンディはそれほどでもなさそうだった。

「わたしたちはモイゼスさんのところに行ってきたのですが、あの方はさほど誇らしそうではありませんでしたよ。クラブ612は結局なにも見つけられなかったと言ってました」

イザールはしげしげと壁を眺めた。砂丘や噴火口の景色を。

「とんでもない……クラブ612は確たる結論に達したんだ。メンバーみんな、とりわけモイゼスには認めがたかったようだがな。だがそれが、ただひとつの真実だったんだ」

「真実って、どんな？」とアンディは叫んで、椅子に腰かけたままぴんと背筋を伸ばした。

「自分自身を裁くのはもっとも難しい」と王さまは答えた。「他人を裁くより自分を裁くほうが、ずっと難しいんだ」

フォックス・カンパニーの見習い探偵は鼻から耳のあたりまでしわを寄せて、じっと考えこんだ。わが子ギツネがシャーペイ犬に変身するのを見るのは、いつでも心地よかった。

「なるほど、陛下。その返答ならわたしも知ってます。でも、真実っていうのは?」

「サン＝テグジュペリは自分自身を裁いたんだ」

「それってつまり?」とアンディは苛立ったようにたずねた。「もっとはっきりおっしゃってください。わたしたちは明確な答えを探しているんです。誰が星の王子さまを殺したのか? 誰がサン＝テグジュペリを殺したのか?」

イザール一世は頭にかぶった王冠をあげようとするけれど、すぐにまたずり落ちてしまった。

「明白ではないか」王さまはきっぱりと言った。「王子を殺したのは王子だ。サン＝テグジュペリを殺したのはサン＝テグジュペリだ。サン＝テグジュペリは自殺した。『星の王子さま』のなかで、彼は自殺するつもりだと皆に告げている。あの作品はサン＝テグジュペリの精神的な遺書、別れの挨拶なんだ」

「ええっ!」とアンディは言った。「おそばに寄ってもいいですか?」

アンディはイザールの玉座に近づいた。わたしもそれに倣いながら、王さまの顔をじっと見つめ続けた。あの奇妙な印象が頭にひっかかって、どうしても払いのけられない。イザールの顔に浮かぶ表情はどれもみんな、前に何度も目にしたような気がする。

しかし、いつ? どこで?

イザールは彼には大きすぎる玉座に深々と身を沈め、話を続けた。

「オコやスワン、モイゼスは、わたしの説を信じようとしなかった。けれども一九四三年、『星の王子さま』の英語版が出版されたころから、サン＝テグジュペリが激しく落ちこんでいたのは間違いない。どこまでも深い悲しみを吐露した晩年の手紙を読めば、それがよくわかる。彼は〝人間が文句ひとつ言わない従順な家畜と化している〟時代を憎んでいた。アエロポスタル社の友人たちは皆、飛行機に乗ったまま帰らぬ人となった。ジャン・メルモーズは一九三六年十二月七日、最後の飛行に飛び立ち消息を絶ち、古くからの仲間だったアンリ・ギヨメはサン＝テグジュペリが『星の王子さま』を書き始める十数か月前、イタリア軍戦闘機に撃墜された。サン＝テックスは行方不明になる一年と少し前、こんなことを書いている。〝戦争で殺されようが、ぼくにはどうでもいい。ぼくが愛したもののうち、なにが残るだろう？〟と。愛人のネリ・ド・ヴォギュエには、王子さまの絵を描く合間にこう打ち明けている。〝休みたいんだ。庭師にでもなって、野菜に囲まれていたい。さもなきゃ、死んでしまうか。こんな悲惨のなかで、もう生きていけやしない〟。シルヴィア・ハミルトンには『星の王子さま』の手稿といっしょに、地球にたつ柱に吊《つ》るされた王子の未発表の絵を贈っている。彼は飛行機に乗って、いずれ劣らぬ危険な任務を軽々と、涼しい顔でこなした。上官はプロヴァンス上陸作戦に加わらないようサン＝テグジュペリに勧めたものの、彼はきっぱり拒絶した」

アンディは椅子のうえで体を揺すった。

「オーケー、そのあたりの経緯はわたしも知ってます。たしかにサン＝テックスはあとさき考えずに危険を冒したばっかりに、ドイツ軍戦闘機に撃墜されたのかもしれない」

イザールは自説に間違いないとばかりにうなずいた。でもバオバブの名にかけて、前にこの目をどこで見たんだろう？　真剣味にあふれていると同時に皮肉っぽいこの目を。この芝居じみた身のこなし、眉のひそめ方を。

「それに奇妙な偶然の一致だと思わないかね？　七月三十一日、ちょうど最後の飛行の日に撃墜されるなんて。サン＝テックスはわかっていたんだ。その晩、将軍たちから、もう二度と飛んではならないと言い渡されることを。しかも彼はこの日のために、前もって入念に準備していた形跡がある。あの演出がいい証拠だ。まるで遺書さながら、机のうえには最後の手紙が二通、これ見よがしに置いてあった。七月三十一日の偵察飛行任務は、その前数週間に行った任務よりずっと危険性が低かったはずなのに。友人のピエール・ダロスに宛てた手紙には、こう書かれていた。〝なんて孤独な精神だろう！　たとえ撃墜されても、ぼくはなにひとつ後悔しない〟と。さらにネリ・ド・ヴォギュエに宛てた手紙には、〝ぼくは四回も命を落としかけた。でもそんなこと、ぼくにはどうでもいいんだ〟とあった。彼は死に対して、驚くほど無頓着だ」

「だからって」とアンディは食い下がった。「死のうとするのと本当に死んでしまうのは、同じではありません」

イザールは議論の相手が見つかったのが嬉しいらしく、玉座のうえで体を揺すった。

「スワンやオコもそう主張していたよ。そしてサン＝テックスは望んだちょうどその日に、たまたま大空の死刑執行人と出会ったっていうのかね。だったら二〇〇四年に漁師が語った証言は、どう考えたらいいんだ？　一九四四年七月三十一日正午、リウ島沖で、一機の飛行機が海に墜落した、と漁師は言っている。サン＝テグジュペリが乗ったP38によく似た飛行機がね。周囲にドイツ軍の戦闘機はまったくなく、その飛行機だけがまっすぐ海に突っこんだそうだ」

「証言のことは、わたしも知ってます。でも漁師は当時十七歳で、六十年近くたってからその話をしたんですよ……」

「例のブレスレットが見つかったときにね……それがきっかけになって、昔の記憶と結びついたのだろう。ならば『バラの回想』でコンスエロが語っている、こんな一節についてはどう思うかね？　トニオは地中海の水上飛行機事故で九死に一生を得たとき、彼女に言ったそうだ。〝死ぬのは簡単だ。溺れ死ぬのは〟とね」

そう言われても、アンディは納得がいかないだろう。彼女は腕を組み、ようやく譲歩した。

「オーケー、たしかにサン＝テックスを殺したのはサン＝テックス自身かもしれない。だけど、王子さまが王子さまを殺したとは誰も言ってません」

イザールの勝ちだった。

「サン＝テグジュペリは自殺したと認めるならば、王子さまはそれを予告する分身だというのも明らかではないか。王子は毒を血管に注入するかのように、ヘビに咬んでくれとたのんでいる。きみはこの物語を一語一句そらんじているだろうが、一九四三年、英語版『星の王子さま』が出版された数週間後にアルジェリアで書かれた『名の明かされない女性への手紙』の一節を聞いてもらおうか。そこで彼は王子さまに扮《ふん》した自画像を描き、自らが生み出した主人公ともはや一体化している。〝今も、これからもずっと小さな王子はいない。王子は死んでしまった。もう手紙は書かないし、電話もしない。きみには近づかない。ほら、ぼくはバラを摘もうとして、傷を負ってしまったんだ。バラはたずねるだろう。わたしはあなたにとってどれくらい大切だったのか。少しも大切じゃないさ、バラよ。少しも大切じゃない。ぼくの人生に大切なものなどなにもない(命さえもね)。さらば、バラよ〟」

アンディは完全にノックアウトされたようだ。

さらば、バラよ……

イザールはさらに追い打ちをかけた。

「〈王子さまは答えを与えてくれない。サン＝テックスにはそれが見つけられなかった。この先もけっして見つからないだろう。彼は犠牲的精神で戦争へ、死地へ赴くことになる。そこに答えがあると確信していたのに、答えはやはり見つからない〉」

アンディは目を閉じた。最後の言葉を頭のなかで反芻《はんすう》しているかのように。

「それを書いたのは誰？　あなたですか、陛下？」

「いや、サン＝テックスの友人、アン・モロー・リンドバーグ。高名な飛行士の妻だ。彼女は『星の王子さま』を最初に読んだひとりだ……」

「そしてその意味を見抜いた最初の人物！」

「そう、〈星の王子さまは子どもむけの本ではない。全世界の孤独を前にした偉大な詩人のメッセージなのだ〉」

「今度はあなたの言葉ですか？」

「いやいや……一九四九年のドイツ語版に寄せたマルティン・ハイデッガーの推薦文だよ。『星の王子さま』は大好きな作品だ、と彼は断言している」

若き女探偵はメモ用紙を取り出すと、膝のうえに置いて、前に書いた一行を線で消した。


~~星の王子さまを殺したのはバラだ。~~

そして代わりにこう書きつけた。


王子さまが王子さまを殺した。

サン＝テグジュペリがサン＝テグジュペリを殺した。


イザール一世はようやく立ちあがった。本当に背が低い。白貂《アーミン》のマントの下で、自分の足をつかもうとしているのかと思うほどだ。

「疲れておるだろう。執事に命じて寝室に案内させよう。ロイヤルスイートを用意させてある」

王さまはリボンの先に吊るしたベルを鳴らしたけれど、いくら待っても誰もあらわれない。もう一度鳴らしても同じだった。王さまはさらにベルを鳴らしてうめき声をあげ、ぶつぶつ言いながら玉座の間から出ていった。

待つこと数分、執事が入ってきた。ひげを生やし、一分の隙もない服装でしゃちほこばっているのは前のとおりだが、ひとつだけ違っている点があった。なんと白髪交じりのかつらが逆むきじゃないか！

わたしの脳味噌は、たちまちパズルのピースを組み立てなおした。口ひげの税関職員、サングラスの運転手、あごひげの執事、冠をかぶった王さま。みんな小柄でずんぐりしている……

そうか、わかったぞ！

全員、同じひとりの人物だった！

わたしがアンディのほうをふり返った隙に、執事はかつらをかぶりなおした。アンディもはっと気づいた。

イザール一世はこの島に、ひとりで暮らしている。

彼は金ぴかの王国の、たったひとりの住人なのだ。

29

イザールは毎晩そうしているように、天守閣にのぼった。城にたつ塔のてっぺんは、島でもっとも高い場所だ。ここからなら地球がすべて見渡せる、すべての人間を眺めることができると、ときおりイザールは想像してみた。実際には晴れた日でも、針のように尖《とが》った岩山しか見えないのだけれど。彼はここまでのぼるのが好きだった。音がとてもよく響くから。

「友だちになって。ひとりぼっちなんだ」と彼は言った。

「ひとりぼっちなんだ……ひとりぼっちなんだ……ひとりぼっちなんだ……」とこだまが応える。


イザールはにっこりした。彼は四角い箱の重さを手で量った。

クラブ612。差出人欄にはそれだけ。

誰だろう？

イザールはみんなで彼の王国アーミニアに集まった日々のことを思い返した。G8やG20がどこかの国に集まるみたいに。われわれはG6だった……いや、G5だな。みんなが集まっても、地理学者だけは姿を見せなかったから。彼はいつも小包か手紙でしか連絡してこない。

彼らがこよなく愛する星の王子さまをめぐって、何時間も激論を戦わせたときのことを思い返した。みんなして手がかりを山ほど集めた。これほど注意深く調べ尽くされた殺人事件もほかにないだろう。彼らは真実に近づいた。はるばるやって来たあの二人に明かした公式見解とは別の真実、隠された真実に。

彼らはゴールのすぐ近くまで来た。地理学者がトルコ人ピーリー・レイスの地図を見つけ、欠席のお詫《わ》びにと送ってきた。その地図を調べてみると……ホシははっきり言いたがらなかったが、思いのほか事情に通じていたようだ。あいつめ、秘密めかすのが好きだからな。それに五人のうちでは、いちばん地理学者と親しかったし。彼に会ったことがあるのも、おそらくホシだけだろう。

イザールはずっとホシに嫉妬していた。

ホシがほかのみんなを裏切ったのだろうか？

それともペテン師のオコ？　嫉妬深いマリ＝スワン？　酔っぱらいのモイゼス？

箱をあけようか？　ようやくわかるんだ……

イザールはためらった。いや、やめておこう。もうわかってる。箱をあけるのは、あの二人が発ってからだ。

どうせそろそろ発つころなんだから。

彼は尖った岩がもっとよく見えるよう、天守閣から身を乗り出した。

「友だちになって。ひとりぼっちなんだ」と彼は言った。

「ひとりぼっちなんだ……ひとりぼっちなんだ……ひとりぼっちなんだ……」とこだまが応える。

30

「そろそろ目をあけてもいいかな？」

「まだよ」とアンディは答えた。「もうちょっと」

彼女はロイヤルスイートのついたてのうしろで、身支度を終えるところだった。入念に色を選んでいる。

「これでよしと！」

アンディはついたてをくるりとひらいた。王女さまのような赤いドレスを着て、ルビーのネックレスをさげ、髪にはひなげしの花を挿している。

「どう、お気に召して？　ヌヴァン」

「これはまた……」

わたしは言葉を失った。

オンディーヌはにっこりした。

「しっかりしてよ、大きな王子さま。わたしたちは宮殿にいるんだから、それを生かさないと。いつまでも続かないのよ、おとぎ話は。サン＝テグジュペリがなんて書いてるか知ってる？」

それを知りたいかどうか、わたしはよくわからなかった。

オンディーヌはわたしの手を取り、ステンドグラスの窓へいざなった。灰色がかった深い青色の湖の広がる谷を見渡す、すばらしい景色だった。外灯が城の中庭の彫刻を照らしている。目を凝らすと、『星の王子さま』に出てくるのとそっくりの井戸と泉が見えた。牢獄《ろうごく》の鉄格子で隔てられた王女と王子の像に視線が止まる。二人とも、格子越しに飛び立とうとする小鳥を眺めていた。

愛するとは、
共に同じ方向を見つめることだ。

アンディがそらんじた。

おとぎ話とはこんなもの。ひとはある朝、目を覚まし、こんなふうに言う。《ただのおとぎ話だったんだ……》と。そして自嘲気味に笑う。でも心の奥底では、あんまり笑っていない。おとぎ話は人生のたったひとつの真実だと、よくわかっているから。

遥か遠く、紙吹雪のようにちりばめられた島々のむこうに、太陽が沈もうとしている。

オンディーヌの熱い手が、わたしの手をそっと撫でた。彼女の頭がわたしの肩にもたれかかる。瞼はあごの下で蝶《ちょう》となり、睫毛は口のまわりでひげを描いた。彼女の口からささやき声が漏れた。

「こうしてわたしたちは今、互いに慣れ親しんでいる」

わたしはにっこりして、さらに強く彼女の手を握った。

「きみは誰？　とってもきれいだね……」

「わたしはキツネ」とオンディーヌは答えた。「でもあなたとは遊べない。慣れ親しんでいないから」

「だったらきみに用心しなくては。キツネは知恵が働くからな」

オンディーヌは手を放し、頭を傾けてわたしを見あげた。彼女の小柄な体が、わたしの大きな体にぴたりとくっついている。

「違うでしょ、ヌヴァン。本にはそう書いてない。〝慣れ親しむってどういうこと？〟って言わなくちゃ」

わたしは彼女の腰に手をまわした。口には自信があるけれど、どうふるまったらいいのかはおぼつかない。

「だけどこれが、もともとサン＝テグジュペリが書いた文なんだ。ニューヨークのモルガン・ライブラリーで見た手稿のね。王子さまは飛行士に、〝ぼくはキツネと知り合った〟と言う。すると飛行士はふくれっ面をして、〝キツネはやたらと知恵が働くからな〟って答える。手稿の続きは判読できなかったけれど……サン＝テックスが書いたもともとのメッセージは明らかだ。今、知られているものとは逆に、キツネに気をつけろってことだった！」

嬉しいことにオンディーヌは、賞賛の眼差しでわたしを眺めた。

「じゃああなたは、わたしに気をつけてるってわけ？」

わたしは答えなかった。オンディーヌの胸がわたしの胸にそっと触れた。彼女は黙ってしばらくわたしを見つめた。

「〝いいかな……慣れ親しんでも〟」と彼女は言った。

わたしは少しためらってから、思いきって答えた。

「もし慣れ親しんでもいいと言ったら、ぼくはきみにずっと責任がある。ひとは慣れ親しんだものに、いつまでも責任があるんだ。けれどぼくはもう、バラに責任を負っている。ぼくと慣れ親しんだバラに。ぼくを待つバラに……」

オンディーヌはわたしの耳に唇を寄せた。

黙って、ということなんだな。

「あなたに秘密を教えてあげる」と彼女はささやいた。「サン＝テグジュペリがあの物語のなかで、本当はどんなことを書いたのかを教えるわね。モルガン・ライブラリーで読んだの。判読できなかったっていう続きの部分、そこにはまったく別の真実があった。わたしのあとについて繰り返して。〝きみはきみのバラに責任がある〟

「ぼくはぼくのバラに責任がある」

「〝でも、きみがバラに慣れ親しんだのかもしれない〟」

「でも……でもぼくがバラに慣れ親しんだのかもしれない」

「〝どちらが慣れ親しんだのかは、誰にもわからない……〟」

「どちらが……どちらが慣れ親しんだのかは、誰にもわからない」

わたしはオンディーヌの手をふりほどこうとした。

「サン＝テックスは本当にこんなことを書いたのか？」

オンディーヌはわたしをしっかり押さえた。彼女の心臓の鼓動が、胸のなかまで伝わってくる。

「ええ……そうなると、あの作品にこめられた教訓はまるで違ってくるんじゃない？　〝どちらが慣れ親しんだのかは、誰にもわからない〟とキツネが言ったとき、王子さまは思った。本当はぼくがバラに慣れ親しんだんじゃないかって。だとすると、ぼくに責任があるんだろうか？　バラのもとを離れる権利が、ぼくにはあるのでは？　どう？　あの物語にこめられた教訓より、もっと魅力的だと思わない？　責任より自由が大切だという教訓のほうが」

「…………」

「トニオはとても自由奔放で……あんまり責任感の強いほうじゃなかった……だからこっちの教訓のほうが、彼の人生観にはずっと合致している。あるいは、彼の死生観には。モルガン・ライブラリーにあったスケッチを覚えてる？　キツネは悲しげで、王子さまに綱で引かれてる」

「………」

「そもそも〝責任がある〟っていうのは、どういう意味かわかる？　ヌヴァン」

わたしがひと言発するたびに、オンディーヌと胸が触れ合った。

「自分の行いに、きちんと説明がつけられるってことかな」

「ご名答、飛行士さん。ただ、その行為って、どんな類《たぐい》のものかしらね？　よくよく考えると、〝責任がある〟っていうのは、愛する人を守るというより、悪いことをしでかしたときに使う表現でしょ。王子さまはバラに責任があるって、日照りのせいで飢饉《ききん》になったとか、運転手は事故に責任があるって言うみたいなものよ。幸福には責任がないけれど、苦しみには責任がある。笑いには責任がないけれど、悲しみには責任がある。ひと目惚れには責任がないけれど、別れには責任がある。じゃあ、わたしのあとについて繰り返してちょうだい、飛行士さん。〝ひとは慣れ親しんだ相手に責任がある〟」

「ひとは慣れ親しんだ相手に責任がある」

オンディーヌはわたしに口づけをした。

「〝でも、どちらが慣れ親しんだのかは、誰にもわからない〟」

わたしは彼女に口づけをした。

「でも、どちらが慣れ親しんだのかは、誰にもわからない」

31

わたしたちは物音ではっと目を覚ました。見ると目の前のテレビが点《つ》いたところだった。

わたしたちはベッドから飛び起きた。

ネクタイを締めてメイクを施した、イザール一世そっくりのキャスターが司会をするニュース番組だった。

「キャナル612、朝八時のニュースをお届けします。アーミニアの南部一帯、天気は穏やかでしょう。いっぽう、紛争の危険は今までになく高まっています。戦車の音が国境に迫っているものの、そこはわが国の勇敢な軍隊がしっかり守りを固めています」

次の瞬間、画面には王さまやキャスター、その他もろもろのアーミニア国民と瓜《うり》二つの将軍があらわれた。

「わたしは全住民の皆さんに、最大級の警戒を呼びかけたいと思う」と画面のなかの将軍は、きっぱりとした口調で言った。「悪意に満ちた攻撃に立ちむかおう。国の入口で、樹木をなぎ倒すように敵を粉砕するのだ」

服を着ると、オンディーヌはアンディに戻った。わたしたちは王さまのもとへむかった。

イザール一世は玉座にゆったり腰かけている。

「ここでわたしたちがやることは、もうなさそうなので」とわたしは王さまに言った。「そろそろお暇します」

「行ってはいかん」二人の臣下ができて鼻高々だったイザールは答えた。

アンディはわたしよりしっかり目覚めていた。あるいはわたしの思考力が鈍っていたのかもしれない。

「陛下のご命令がきちんと果たされるようお望みなら、理にかなった命令をなさってください。例えば、一分以内にここを立ち去るように命じるとか。しかるべき条件は整っているかと思いますが……」

玉座のうえには、国の標語が掲げられている。


権威とはまず、理性のうえに成り立っている。


「待ちたまえ」それでも王さまは言った。「きみたちにあげるものがある」

王さまは近い側の壁に身を乗り出し、インターフォンの赤いボタンを押した。

「あれを持ってきなさい」と彼はレンガ壁にむかって命じた。

王さまはしばらく待ってからまたボタンを押し、レンガにむかって怒鳴った。

「なにをしてるんだ！　大使は急いでいるんだぞ！」

さらにしばらく待ったあと、彼はあきらめて玉座から立った。

「ここで待っていなさい。執事を起こしてくる」

王さまは部屋を出ていった。一分後、執事が入ってきた。白髪交じりのかつらも、今度は正しいむきにかぶっている。執事は持ってきた大きな白い封筒を、わたしたちに差し出した。

「陛下からです」

「光栄に存じます」とアンディは礼を言い、うやうやしくお辞儀をした。

執事は出ていった。

封筒をあけてみる間もなく、王さまが戻ってきた。

「飛行機のなかであけなさい。そのほうが賢明だ。ホシがすべて説明してくれるだろう。隠者に、よろしく伝えてくれたまえ」

「なにかメッセージはありますか？」

王さまは冠が気になってしかたないらしい。頭が縮んでしまったかのように、冠は昨日よりさらに下までずり落ちて、目が隠れそうなほどだ。王さまは苛立たしげに答えた。

「星の王子さまを殺したのは誰か、彼にたずねるといい」

「なんですって？」とアンディは叫んだ。「王子さまは自殺したんだと思っていましたが」

「そう……ただの観光客たちにはそう言ってある。だがきみたちは、まさかそんな世迷言《よまいごと》を信じまい。星の王子さまがそんな悲惨な最期を遂げていいわけないだろうが。サン＝テグジュペリのような天才もまたしかり。自殺説など粗雑な疑似餌《ルアー》にすぎん。サン＝テグジュペリは王子のために、もっと意味深い結末を用意していたとは思わないか？　彼は王子を流れ星にしようとしただって？　そうやって、宇宙の果てに消し去ってしまっただって？　サン＝

テグジュペリはそんなに愚かじゃない。もっと抜け目ないさ」

「どういうことなんですか?」アンディはさっそく白いメモ用紙を取り出し、勢いこんでたずねた。

わたしはイザール一世に、かりそめの真実を披露する暇を与えなかった。

謎めかすのはもうたくさんだ!

封筒をあけて手さぐりした。地図が入っている。

「さあ、行こう」わたしはアンディの手を取った。

「汝《なんじ》らを探検家にしてやろう」わたしたちが部屋を出ようとすると、王さまはあわてて叫んだ。

威厳に満ちた表情だった。

32

「誰も邪魔するでないぞ!」王さまはがらんとした城の廊下にむかって命じた。

「誰も邪魔するでないぞ! 誰も邪魔するでないぞ!」とこだまが応える。

イザールは大広間の暖炉の前で立ちどまった。背後でまだ響いているこつこつという足音は、まるで軍隊が廊下を進んでくるようだった。

王さまは四角い箱を炎の前に置いた。彼はそれを火中に投じようとして、一瞬ためらった。

あけるまでもない。こうするのがいちばんいいんだ。こんなちゃちな罠にはまってたまるものか。わたしはアーミニアの王だ。この地はわたしを必要としている。

とはいえ好奇心は、抑えがたいほど膨らんだ。

それがこの身を焼き尽くすだろうと、わかっていたけれど。

生涯をかけて鍵を探し続けた謎の扉を、どうしたらあけずにいられようか？

イザールは王子さまの剣をつかみ、いつでも振りおろせるよう左手でかまえた。

そしてそろそろと、注意深くふたをあけた。

ヘビが飛び出し、刃が動く間もなく彼に咬みついた。


彼の心臓のあたりに、きらりと黄色い光が輝いただけだった。

彼は一瞬、体をこわばらせた。叫び声はあげなかった。

やがて兵士が倒れるみたいに、静かにくずれ落ちた。

絹のジュータンのせいで、音ひとつしなかった。

33

「操縦桿を持ってくれ」

「なに言ってるのよ！」

「いいから、操縦桿を持ってくれ。うちに電話しなくちゃならないんだ」

「滑走路でも一時間近く、携帯電話を握りっぱなしだったじゃない！」

「そりゃそうさ。いくら電話しても、ぜんぜん出ないんだから」

「どうして今すぐ出て欲しいの？」

「どうしてって……それはつまり、高度があがると電波が通じなくなるからさ。あとまだ十時間は飛ばなくちゃならないので、前もってわが家に電話しておきたいんだ」

「どうしてわが家にって言うの？　家と話すわけじゃないのに」

「じゃあ、なんて言えばいいんだ？」

「妻に電話しなくては。わがバラに、愛するヴェロニックにって言ったら？」

「いや、でも……きみがそばにいるからさ、そう言わないのは」

「ずいぶんとおやさしいことね、飛行士さん。ほらほら、操縦桿をあげて。墜落しちゃうわよ」

わたしは腹を立てながら携帯電話をポケットにしまった。

どうしてヴェロニックは電話に出ないんだ？

アンディはわたしの髪に手をあてた。

「自分から慣れ親しむほうが、ずっとたやすいかもね」と彼女は言った。

わたしたちは立ちのぼるぶ厚い黒煙を突き抜けた。ファルコン９００の下に、大きな炎があがっている。

アーミニアの宮殿は猛火に包まれていた。

点灯人の島

それって、とってもすてきな仕事だ。本当に役立ってる。だってすてきなことだもの。

ガス灯点灯人、小惑星329

砂漠とは、われわれが自分自身について学んでいたものだ。

『人間の大地』

34

ファルコン900の下に、サハラ砂漠が見渡す限り広がっている。飛行機の影が、砂丘に躍った。

「ホシ、ジッダ灯台、サウジアラビア」アンディはリストを読んだ。「妙だと思わない？ホシは日本人の名前なのに、住所がサウジアラビアだなんて」

「まだそこに住んでいてくれるといいんだが。リストにのっている最後の名前。だから宝探しゲームもいよいよ終わりだ。クラブ612の六番目のメンバーである地理学者なる人物については、なんの手がかりもないし」

ファルコン900はわずかに航路を逸れていた。些細な乱気流のせいだ。わたしが落ち着いて機体を上昇させるのを、アンディはじっと見つめていた。

「飛行機が故障するなんて目に、遭わせないでちょうだいよ」

「砂漠で故障するなんて……なかなかサン＝テグジュペリ的じゃないか（わたしは新たな揺れを制御した）。それにしても不思議なんだけど、物知り博士君、どうしてサン＝テックスは、それに王子さまは、あんなにも砂漠を必要としたんだろう？」

アンディは砂の大洋を眺めた。生き物の気配はまったくない。花びらが三枚だけの簡素な花すら咲いていなかった。

「〝ひとをオアシスから隔てる砂は、おとぎ話の芝地だ〟」

アンディの視線は砂丘のうえを跳ねまわっている。

「名言だな。またしても『星の王子さま』の、忘れ去られた一節かい？」

アンディはつかの間の瞑想《めいそう》から覚めたみたいに、わたしのほうにふりむいた。

「いいえ、『ある人質への手紙』のなかの、有名な一節よ。『星の王子さま』とほとんど同時期に書かれて出版された、言ってみれば双子みたいな関係の作品ね。でもって飛行士さん、あなたの質問に答えるなら、『星の王子さま』の物語は『人間の大地』のなかでもすでに語られていた実際の事故から、直接的にインスピレーションを受けているの。サン＝テックスは砂漠のど真ん中で本当に不時着し、危うく死にかけた……」

砂、砂、砂がどこまでも続いている。

「砂漠に対する彼の愛着は、もっと昔にさかのぼるけど」とアンディは続けた。「若きパイロットだったサン＝テックスはモロッコの南、カナリア諸島に面したスペイン領サハラのキャップ・ジュビーに配属された。十八か月間、飛行場長として働いた経験が、サン＝テグジュペリの人生に大きな影響を与えた。そのとき以来、彼は人間の砂漠について、そしてもっとも美しい精神的な探求、つまりは渇きのゆっくりとした歩みについて語り続けることになる」

わたしたちの下にはオアシスひとつ、井戸ひとつ、生き物の影ひとつなかった。サン＝テックスの言うとおり、この惑星は砂漠だ。人間は町に詰めこまれている。もし宇宙人が銀河の奥からわれわれを観察していたら、地球は無人だと思うだろう。空から地上に降り立った王子が、人間たちはどこにいるのかと思ったように。人間たちはひとところに根を張らず、風にまかせて歩きまわっている。

「地平線までひとっ子ひとりいない」とわたしは言った。「ここは人里離れて千マイルのところだからな」

わたしの古い記憶に、アンディは喰《く》いついた。

「よくわかってるじゃない！　〝人里離れて千マイル〟っていう表現、サン＝テックスは『星の王子さま』のなかで五回も使っているのよ。知ってた？　またひとつ、新たな謎ってわけ。どうしてサン＝テックスはこの表現に、こんなにもこだわったんだろう？　何十回も原稿を見なおして、同じ言葉が繰り返し出てくれれば、丹念に削っていたというのに」

沈黙が続く。

アンディはしばらくそれを守っていたが、やがてまた口をひらいた。

「砂漠はきれいよね」

「……………」

「サン＝テックスは『星の王子さま』のなかで、こんなふうに書いている。〝砂漠はきれいだ。砂丘のうえにすわると、なにも見えないし、なにも聞こえない。でも、静寂のなかでなにかが輝き出す〟って。ヌヴァン、知ってた？　サン＝テックスにとって、静寂はどれも同じじゃなかったって。好きな静寂のリストを作ってみたくらいよ」

わたしは静寂をひとつ、すくいあげ、すぐにまた打ち捨てた。

「それできみは？　きみが好きなのは、どんな静寂なんだい？」

アンディはためらわず答えた。

「〝メランコリックな静寂〟ね。〝愛するひとを思うとき〟に聞こえる静寂」

彼女はわたしの首筋にキスをした。わたしはぞくっとして、ポケットのなかの携帯電話が脳裏をかすめた。わたしたちは電波が届くポイントから千マイル離れている。

「じゃあ、アンディ、きみが思うに、サン＝テックスは砂漠でなにを探し求めていたんだろう？　真実？　答え？　神？」

アンディは天使の微笑みをわたしにむけた。

「幼いアントワーヌは敬虔《けいけん》なカトリックの家庭で育ったけど、彼自身は宗教の教義《ドグマ》にはまりきらない、とても自由な性格だった。サン＝テックスは自分の宗教を求めていた。自分自身の道、自分自身の信仰を求めていたの。彼はよくこんなことを書いている。砂漠のなかにひとりでいるとき、あるいはひとりで飛行機の操縦桿を握っているとき、なにか霊的なものを求めている……けれどもそれに出会うことはなかったと」

「けっして出会わなかったのかな？」

「出会ったとすれば、人生の終わりが近づいたころでしょうね。行方不明になる直前、サン＝テックスは〝ソレームの誘惑〟と呼ぶものについて語っていた（ソレームはフランス、サルト県のコミューンで、ベネディクト派の修道院がある）。すべてを捨てて修道士になりたいって……死後に出版された遺作『城砦』は、祈りや神への言及で満ちている。彼は風景のなかにしか、神を見ていなかったのだけれど。あるいは人間が生み出したすばらしい作品や、子どもたちの涙のなかにしか。サン＝テックスは世俗の奇妙な大天使……（アンディは詩的な静寂に浸った）。『星の王子さま』が世俗の奇妙な聖書であるように」

世俗の？

まあね……

わたしは顔をしかめた。サン＝テックスよ、われらのために祈りたまえ。

「王子は死んだけれど、本当に死んで天に昇ったわけではない。それってイエスの物語をなぞっているんじゃないかな」

アンディはむっとするかと思いきや、むしろその逆だった。

「そうそう、『星の王子さま』は宗教的な目くばせにこと欠かないし……星とか……ヒツジとか……砂漠とか……」

「それに、ヘビも！」

「ええ、サン＝テックスが初めて描いた大蛇ボアの絵は、ミケランジェロがシスティーナ礼拝堂に描いたエデンの園のヘビそっくりよ。もちろん、バラも忘れちゃいけない。バラはすぐれて神秘的なシンボル、キリスト教徒にとって楽園のシンボルだもの」

「もしバラが楽園なら、そこへ連れていって欲しいとヘビにたのむのは妙じゃないかな？」

アンディは勝ち誇ったような笑みを浮かべた。魅力的だと同時に、まったくもって癪《しゃく》にさわる笑みだった。

「だけどサン＝テックスが書いた未発表のオリジナル手稿のなかで、王子さまはヘビにこう言っている。きみはブレスレットに似ているって。するとヘビは、〝いやなに、おれは結婚指輪さ〟って答える。〝誰と結婚するの？〟と王子さまがたずねると、〝星とだよ〟とヘビは答える」

わたしはやっぱり、信じられない思いだった。『星の王子さま』の未発表ヴァージョンによって、物語の意味ががらりと変わってしまう。わたしは心のうちで自問した。星との結婚は、なにを意味するのだろう？　愛？　それとも死？

だったら、バラとの結婚は？

わたしは短い、ロマンチックな静寂ののちに……沈黙を破った。

「結局のところ、『星の王子さま』のなかに宗教的でない要素は、たったひとつしかないんじゃないか……キツネだけしか」

アンディはいたずらっぽく笑い、片手をわたしの脚にあてた。

「たしかに神さまとは無縁よね。そこは認めるけど、キツネは砂漠と密接に結びついているの。サン＝テックスは『人間の大地』のなかで、フェネックというキツネのことを語ってる。彼はキャップ・ジュビーでそれを飼いならして、ぼくのかわいいキツネと呼んだ……そこにインスピレーションのもとがあるのは、誰もが認めていること」

彼女の手はさらに強くわたしの脚を撫でた。ほとんど締めつけるくらいに。

「というわけで、飛行士さん、嘘つきでずる賢く、やたらと知恵が働くキツネに対する嫌疑は晴れたかしらね」

アンディはここぞとばかりにぎゅっとわたしの脚を握った。飛行機が揺れる。

かわいい子ギツネはぷっと吹き出し、わたしの鼻先にキスをした。

35

ホシは十九歳にして、皆より三年も先んじていた。彼は輝かしい青年だった。名前からして星と輝いている。

学校ではつねに首席だった。ほかの人々が階段を二段飛ばしで駆けあがるように、彼はいっきに学年を駆けあがった。いちばんいい学校に入り、毎回首席で卒業した。

そのために努力も惜しまず、人一倍勉強した。両親も先生も、みんな彼にこう繰り返した。人間には誰しも育むべき才能がある。豊かな才能の持ち主ほど、がんばってそれを伸ばさねばならない。天賦の才とは責任なのだ。美人は化粧を、アスリートは練習を、芸術家は創造を、天才は発明をしなくてはいけないのだと。

二十歳そこそこで、ホシは東京大学大学院理学系研究科を、これまた首席で修了した。彼はエネルギー研究の分野で、もっともすぐれた専門家のひとりと目されていた。原子力エネルギーはもとより、太陽光や風力エネルギー、地殻、マグマエネルギーに関しても。

ホシはひと息つく時間も惜しんで、研究にいそしんだ。週に一回、痛飲する晩があったけれど、倒れるようにして寝こんだ翌朝は、また早くから起き出した。

ホシの前途は洋々としていた。いくつもの大企業から、彼の希望にかなう好条件でオファーが殺到した。ホシのうちに疑問はなかった。給料はいい。いずれ結婚することにもなるだろう。ときおり、ほかの誰もが感じない気持ちにとらわれることはあったけれど。

その朝、ホシは採用面接のため、西日本の松江にむかっていた。この先、一生安泰に暮らせるような、願ってもない採用条件だった。約束の時間より、ずっと早く着きそうだ。ホシはいつでも早め、早めに行動する。ところが豊岡と米子のあいだで、車が故障してしまった。いくら試してもエンジンがかからない。彼は車を降りてまっすぐ前へ歩き出し、救助を求めて街道沿いの小さな砂山を越えた。

しばらく進むと、鳥取砂丘に迷いこんでしまったことに気づいた。それは東西十六キロ、南北約二キロに及ぶ、いっぷう変わった砂丘で、とりわけ風が立ち始め、高い砂山のあいだに迷いこむと、たちまち方向がわからなくなってしまう。

その日は風が吹いていた。

何時間も砂丘をさまよっていたホシは、はっと気づいてわが目を疑った。砂嵐のむこうに、じっと動かない奇妙な影が見える。キツネ、少年、それに飛行機だ。

のちにわかったことだが、それは芸術家たちが作った砂の像だった。かりそめの野外芸術。けれどもそのときは、金色の粉をまぶした像に感嘆するばかりだった。

飛行機の脇に、本が置いてあった。本物の本だ。

もちろんホシもほかの日本人と同じく、『星の王子さま』の話は聞いたことがある。この作品とフランス人の著者をテーマにしたミュージアムが箱根にできたことも知っていた。そこにはサン゠テグジュペリの生まれ故郷リヨンの通りやバラ園、子ども時代をすごした城館が再現されているという。そういえば子どものころ、テレビアニメもあった。サン゠テグジュペリの星の王子さまとよく似た主人公が、人間たちを助けるため、鳥といっしょに地上に降り立つ物語だ。

しかしホシは、その本を読んだことはなかった。

彼は腰かけ、本をひらいた。

すると奇妙なことに、もうなにもかも、どうでもよくなってしまった。故障した車も、一生安泰に暮らせる仕事を得るための面接も、砂の像を吹き飛ばす風も。キツネの毛やバラの花びら、王子さまのマフラーが揺れている……やがて物語の登場人物たちは、砂のなかに立ち去った……

ホシは本を読み、理解した。

この小さな砂漠だけではものたりない、と理解した。

翌日、彼はモロッコのタルファヤにむけて出発した。

そしてそのまま、サハラに十八か月間留まった。

彼はオアシスで、ささやかな仕事にもついた。それに砂の下で金やウラニウム、石油が見つかるのに合わせ、にわかにあらわれてはまた消えていく町でも。

ある日、ポートスーダンで部族長と話しているとき、先端技術を専門的に学んだ前歴について打ち明けた。それを聞いた部族長は、海のむこう側の目に見えない一点を指さした。

紅海に浮かぶ人工島のひとつで、世界でもっとも高いジッダ灯台を修理、維持する要員を探しているのだという。

砂漠の港や、数知れぬ巡礼者たちを照らす灯台だ。

36

エレベータが世界一高い灯台のてっぺんに着くのに、五十三秒かかった。ジッダに入るまでにかかった時間に比べれば、ほんの一瞬だ。軍人や税関役人、警官、修道士がひしめくなかで、さんざん待たされてしまった。でもまあ空港なんて、そんなものだろう。白アリの巣に戻ってきたんだ！

ありふれた生活に戻った？

これがありふれているって？

女たちがみんな（アンディもだ！）、すっぽりベールをかぶっている国の港で、世界一高い灯台のなかをのぼっていくのが、ありふれたことだろうか？　港に停泊する大型客船から、砂漠にむかう巡礼者の群れが、コンテナに詰めこまれて続々と降りてくるのを脇目に見ながら。

こんなイカレた世界が、ありふれたものになってしまったのか？

エレベータのドアがひらくと、白い灯台の丸いデッキに出た。三百六十度、ぐるりと視界がひらけている。紅海（その晩は黒っぽかったけれど）に延びた人工の堤防、船、人でいっぱいの波止場。長々と連なる車列は、ここから八十キロと離れていないメッカへむかうバスやトラックだ。

ホシはわたしたちを待っていた。彼は鼻先にちょこんとのせた小さな眼鏡を、坊さんのように剃《そ》りあげた頭に持ちあげた。灯台のてっぺんに陣取った彼は、顕微鏡でミクロの世界を観察する科学者を思わせた。クラブ612のメンバーで、まともそうに見えるのは彼だけだな、というのがわたしの第一印象だった。灯台守はアンディのベールを指さして言った。

「そんなもの、はずしてください。ここはわたしの家です。誰も文句は言いません」

ホシは目の前に並べた菓子を、わたしたちに勧めた。中東式の歓待と、アジア風もてなしの作法が絶妙に混ざり合った物腰だった。

「さあ、お好きなだけどうぞ」

食いしん坊のアンディは、さっそくガゼルの角と呼ばれる甘いクッキーに飛びついた。ホシは百四十メートルほど下の波止場に目を落としたまま、緑色のボタンを押した。

わたしたちは長旅のいきさつを話して聞かせた。マンハッタン、エルサルバドル、オークニー諸島を巡ってきたことを。ホシは波止場を眺めながら、注意深く耳を傾けていた。もう何年も、オコやスワン、モイゼス、イザールとは音信不通だったらしい。

ホシは赤いボタンを押した。

わたしたちは話の接ぎ穂に、これまでの仮説を並べあげた（アンディは線で消しては書きなおしたメモ用紙を取り出した）。

サン＝テグジュペリは自分のなかの内なる子どもを殺した。

バラによる痴情殺人。

自殺……

ホシはあいかわらず黙って微笑んでいる。清廉な判事のように、少しも動じるようすはなかった。

そして緑のボタンを三回押した。

ジッダ灯台が明々と灯った。

最後のクッキーを食べるのもそこそこに、アンディはホシにたずねた。

「そのボタンで、なにをしているんですか？ サウジアラビアの秘密警察を呼んでいるとか？」

ホシは眼前の暗い海をただ眺めている。

「ときには夜、アフリカの海岸からジッダ灯台が見えることもある」と彼は言った。「ここから二百キロ以上も離れているスーダンやエジプト、エリトリアから。どうしてだか、わかりますか？」

彼は赤いボタンを二回押した。アンディは答えなかった。わたしもだ。

「灯台を灯しているのは電球ではなく、炎だからなんです」とホシは説明した。

「…………」

「何千もの炎です」

「ええと……よくわからないんですが」とアンディは口ごもった。

「わからなくていい。それが決まりなんです。炎のひとつひとつが、海を渡ってやって来る巡礼者をあらわしています。ここから彼らを、完璧に数えあげることができるので」

わたしは身を乗り出した。こんなに遅い時間だというのに、税関の前には手続きを待つ旅行者の長い列が見えた。

「彼らのひとりがアラブに入ったら、緑のボタンを押して炎をひとつ灯す。彼らのひとりが出ていったら、赤いボタンを押して炎をひとつ消す」

ホシは切れ長の目を細め、鼻にかけた眼鏡をなおして、文字盤の小さな数字を読んだ。

「現在、四万四千百十八の炎が灯っている。それがこの聖地にいる巡礼者の数をあらわしています。こうやってわたしは日が昇るまで、ひと晩じゅう炎を灯したり消したりしているんです」

ホシは緑のボタンを押した。

「ある夏の晩など、灯台には十万以上の火が灯り、その光はアレキサンドリアまで届きました」

アンディはなにも答えず、バクラバ（パイ生地とナッツ、シロップで作るトルコや中東の伝統菓子）をぱくりとひと口で食べた。

わたしは第一印象を修正した。ホシのやっていることは、ほかのクラブ６１２メンバー四人に劣らず馬鹿げている……でも彼だけだ、まともなのは。だって彼は自分以外の者のために、せっせと働いているのでは？

ホシはまた緑のボタンを押して、こう続けた。

「サン＝テグジュペリのなにがわたしを引きつけるのか、わかりますか？」

「………」

「作家としての才能はもちろんのこと、冒険家としての運命にも感動しましたが……とりわけわたしが心惹《ひ》かれたのは、彼の義務感です！」

アンディは最後の菓子を平らげると、こちらに寄ってきた。ようやく話に関心を持ち始めたらしい。

「サン＝テグジュペリの謎に没頭し、バラが彼の心臓に刺した棘を追い求め、彼の憂鬱についてあれこれ実存的な自問を繰り返すうちに、われわれはいちばん大事なことを忘れてしまったんです。サン＝テグジュペリは義務の人だったということを！」

ホシはアンディのメモにちらりと目をやった。そこにはアーミニアの王さまが唱えた説が書き留めてあった。


王子さまが王子さまを殺した。

サン＝テグジュペリがサン＝テグジュペリを殺した。


「イザールは間違っている」と灯台守は、ほんの少しだけ肩をすくめて断言した。「サン＝テグジュペリは殺されるのを覚悟で戦地に戻ったんじゃない。自分のなかの内なる子どもを殺すためでもないし、自殺するためでもない。サン＝テグジュペリが戦地に戻ったのは、きわめて単純な理由からだ」

　赤いボタンを三回押す。

「どんな理由ですか？」とアンディが、苛立たしげにたずねた。

　ホシの両目に炎が宿った。眼鏡のレンズを白熱させるほど激しい炎が。

「ナチスと戦うためですよ！　決まってるじゃないですか！　彼が怖気《おじけ》づいていたとでも？　悪党どもをのさばらせていたと？　たとえ白アリの巣がどんなに恐ろしかろうと、彼は自分がなすべきことをせずにはおれなかった……」

　ホシはまた三回、緑のボタンを押した。

　彼の視線はアンディを燃えあがらせ続けている。

「がっかりしましたか？」

「いいえ」

「そんな話、信じられないと？」

「いえ……（アンディはしばらく考えた）たしかにそのとおりかも……サン＝テックス自身、繰り返し書いてます……〝ぼくはすべての人々のなかで、もっとも連帯感が強い。愛するとは、参加することなんだ〟って」

「〝ぼくは参加しないではいられない〟」とホシは続けた。「〝価値ある人々は、もし彼らが地の塩ならば、大地と交じり合わねばならない〟」

　アンディはにっこりした。

「〝あるアメリカ人への手紙〟、一九四四年、春。〝どんな人間も、自分の国に自由に住む権利がある〟。ええ、あなたの言葉を信じます、ホシさん。サン＝テックスは行動の問題を、ひたすら自分に突きつけていた。でも……（アンディの目はまたきらりと光り、灯台守に立ちむかった）でも、それでなにかが根底から変わるわけじゃない……サン＝テックスは一九四四年七月三十一日、最後の任務《ミッション》を果たした。操縦桿を握るには歳を取りすぎているという決定を、司令部は下していたけれど。彼は四十四歳で、たしかにほかのどんなパイロットより年上だった。司令部は下していたけれど。第一線での活動からは身を引くように言われていた。それでも彼は、自らの義務を遂行した。失望のなかに留まるのは嫌だった。ということはつまり、サン＝テグジュペリはサン＝テグジュペリを殺したのかもしれない」

緑のボタンを一回。

ホシはひるまなかった。

「サン＝テグジュペリは指示どおりにやっていたんです。よき兵士としてね。たとえ自殺する気だったとしても、飛行中に決行しやしません。仲間にとってとても貴重なP38偵察機を、犠牲にするわけありませんから。ましてやプロヴァンス上陸作戦の二週間前に、自分に託された偵察任務を投げ出すなんてありえません」

アンディは議論の成り行きに動揺しているようだった。サン＝テグジュペリに対する賞賛の気持ちを、彼女はホシと分かち合っているのだ。アンディに投げかける視線は、もっと苛立っている。それがわたしには苛立たしかった。ホシがアンディに投げかける視線は、もっと苛立たしい。

気難し屋の老教授が、かわいい女子学生にむける目だ。

こうなったら、黙っているわけにはいかない。

「ちょっといいですか」とわたしは思いきって口を挟んだ。「どうもすんなり受け入れられないんですよ、あなたが崇《あが》める義務の大天使のことは。サン＝テックスと呼ばれてるくらいだから、聖人《サン》のなかの聖人《サン》なんでしょう。元《エクス》かどうかは別にしてね。恐れを知らない飛行士。命を賭して戦いに身を投じる英雄でありながら、平和を求めるメッセージを発することも忘れない。彼は小さな王子さまをわれわれに残して、どこかへ姿を消してしまった。われわれにモラルを説き、人間たちを愛した。そう、彼は人類愛にあふれていたけれど、人間の凡庸さを嫌悪していた。だとしたら、彼は人間を愛していたのでしょうか？　本当に愛していたのか？」

アンディとホシは愕然《がくぜん》として、わたしを見つめていた。

にわかに気力がわいてきた。この三日間に聞いた話、読んだことを頭のなかで総動員した。

「つじつまの合わないことばかりじゃないですか。サン＝テックスは宗教とかかわらなかったと言いながら、彼はカトリック教徒だったとも言う。マルクス主義者に好意的だったのに、ドイツ占領下のフランスで傀儡《かいらい》的なヴィシー政府を率いたペタンのことは批判しなかった。いっぽうからはヴィシー政府の仲間だと見なされ、もういっぽうからは新生フランスの敵だと見なされた。ドイツへの抵抗を呼びかけるド・ゴールとは決裂していたけれど、レジスタンスの地下運動員たちには共感を示していた……」

緑のボタンが七回押される。家族づれだ。

ホシがわたしを見る目には、共感が感じられた。

「おっしゃるとおりです、ヌヴァンさん。サン＝テグジュペリのモラルを育んでいたのは、彼が心の奥底に抱える矛盾でした。彼は個々人の凡庸さを暴き出しましたが、その凡庸さを贖《あがな》えるのは、人類の崇高なる精神だけなんです。わたしたちの貧しい考えなど、どうでもいいことだ。重要なのはただ義務のみ。今日、われわれにはサン＝テグジュペリのさまざまな側面が知られています。彼の告白からわかるのは、絶望したサン＝テグジュペリ。私信からわかるのは、気まぐれなサン＝テグジュペリ。彼の秘められた想いのひとつひとつが知れわたっているので、われわれはかえって忘れがちなんですよ。ほかの人々の目に、彼がどう映っていたのかを。彼はほかの人々に、愉快で魅力的な男だと思われようとしていました。そしてなによりも泣き言を言わない……活動的な人物だと。名誉を貴ぶ、行動の人だと」

アンディはいらいらしていた。日本人灯台守の話を遮りたくてしょうがないのが伝わってくる。

彼女は一瞬の隙を突いてこう叫んだ。

「で、誰がサン＝テックスを殺したんですか?」

礼儀知らずなのも悪くない。

ホシは赤いボタンを押した。

「世界ですよ」とホシは、徐々に人影がまばらになり始めた波止場から目を離さずに答えた。「すべての人々、彼を取り巻く世界です。サン＝テグジュペリはあまりに純粋すぎて、暴力的な世界に耐えられなかった。死の数日前、彼がシルヴィア・ハミルトンに宛てた最後の手紙になんと書いたか、覚えていますよね？　アンディさん。『星の王子さま』のオリジナル手稿を託されたシルヴィア・ハミルトンに」

アンディはすらすらと暗唱した。

「〝今日、ぼくはとても嬉しいんだ。この肉体を骨の髄まで捧げることで、ぼくは純粋なんだと証明できることが。ひとはその血でしか署名できない〟」

「ひとはその血でしか署名できない」とホシは繰り返した。「純粋無垢《むく》でありながら、最後には死なねばならなかった王子さまの運命そのものじゃないですか。サン＝テックスも王子も、地球に暮らすひとりひとりのエゴイストたち、それぞれの星に暮らす変人たちによって殺されたのです」

「まあ、そうかも」とアンディはあいまいにうなずいた。

わたしは嬉しくなった。アンディが不満げなのは無理もない。剃髪《ていはつ》した仏教の僧侶みたいなホシの説明は、まったくこじつけじみている。

「わかりました」ホシは忍耐強い、自信満々の教師然とした笑みを浮かべて続けた。「それでは別のやり方でご説明しましょう。あなたとヌヴァンさんはミステリ小説の探偵よろしく、二重殺人の捜査をしている。サン＝テグジュペリと星の王子さま殺しの捜査を。ならばミステリの女王アガサ・クリスティに倣って、推理してみましょう。クリスティは同時代に活躍した作家ですから、サン゠テグジュペリもきっと読んでいたのでは。あなたがたが唱えた第一の仮説によると、犯人は語り手の飛行士、つまりサン゠テグジュペリ自身でした……まさしく『アクロイド殺人事件』の仕掛けそのものです。第二は偽装された痴情犯罪説で、これは『ナイルに死す』の巧妙な罠。第三は他殺に見せかけた自殺、あるいは自殺に見せかけた他殺説で、『そして誰もいなくなった』の天才的なアイディアではないですか」

わたしはにわかには信じられなかった。ミステリの女王の古典が、童話のなかに大集合しているだって？

「とりわけ注目すべきは、最後の仮説でしょう」とホシは続けた。「第四の仮説、すなわち犯人はひとりではなく、複数だというもの。すべての惑星の、すべての住人が犯人だというものです。これは『オリエント急行殺人事件』の奇想天外な結末にほかなりません。この世の中に順応できない男を、全世界の人間が断罪したというわけです。サン゠テックスは撃墜され、王子さまは咬み殺された。犯人は誰でもない。そして全員が犯人だ」

赤いボタンを八回。

まるでホシは灯台を、暗闇のなかに沈めようとしているかのようだ。

アンディは口をあんぐりとあけたまま、ホシの謎解きをあっけにとられたように聞いていた。

毎度のことだけれどな、とわたしは、用心深いのを気取られないようにしながら思った。

アンディはようやく口を閉じると、すぐにまたひらいて話し始めた。

「つまりサン＝テグジュペリはフランスのために死んだのだ、とおっしゃりたいんですね？ フランスが解放されるかどうかもわからないままに、彼は死んだのだと。王子さまもバラのために死んでいきました。バラが救われるかどうかもわからずに。サン＝テグジュペリはドイツ軍飛行士に撃墜された。ホルスト・リッペルトはサン＝テグジュペリのP38の翼を銃撃したと言ってますが、それは正しかったのでしょう。彼はサン＝テグジュペリの全作品を読んでたそうです。そして総計三十機近くもの敵機を撃墜し、しかも操縦士には、緊急脱出する余裕を与えていた……」

ホシはそのとおりというようにうなずいた。

また、赤いボタンを押す。

「ただし彼の証言によれば」とホシはつけ加えた。「リウ島の上空で翼を銃撃されたサン＝テグジュペリのP38が急降下したとき、機内から飛び出した者はいなかったそうです……」

アンディはまたもや白いメモ用紙を手に取り、こう書き始めた。

サン＝テグジュペリを殺したのはホルスト・リッペルトだった。

星の王子さまを殺したのは惑星の住人たちだった。

ビジネスマン、うぬぼれ屋の女、酒飲み、王さま……

けれどもわたしのなかには、なにかためらいがあった。こんな話、真に受けられないぞ……新たな島へ行くたびに、クラブ612のメンバーが新たな説を披露する。前に聞かされたものに劣らず怪しげな説を。アンディだって、メモ書きを線で消すのには飽き飽きなのでは？

わたしは灯台守と大きなガラス窓のあいだに立った。

「そうでしょうかね？　そのドイツ軍パイロットの証言は、信用に値しないかと思っていましたが。申しわけないが、ホシさん、〈全員が犯人だ、それゆえ誰もが犯人でない〉なんていうたわごとは、鵜呑みにできかねますね。なんだか必死になって、真犯人を隠そうとしているような気もするんですが……」

ホシは長々とわたしを見つめた。どうやらわたしの言葉に動揺したらしい。

彼は赤いボタンを三回押した。

わたしは追い打ちをかけた。

「わたしたちになにか言えないことがあるんじゃないですか？」

アンディは鉛筆を持つ手を宙で止めたまま、厳しい表情をしている。

ホシは文字盤に目を落とした。

巡礼者四万三千六百十二人。

「朝も近い」彼はそう言っただけだった。「もうすぐ日が昇ります。そろそろ寝ないといけません。そういう決まりなのでね。お二人には港に小型帆船を用意してあるので、そこでお休みください」

アンディはわたしの手を取った。

わたしはそれ以上、追及しないことにした。早くアンディからオンディーヌに戻って欲しかった。

エレベータのドアがちょうどあいたところで、灯台守はわたしたちをふり返った。

「おっしゃるとおりです、ヌヴァンさん。わたしは嘘をついていました」

「…………」

「明日、また来てください。お二人いっしょに。真実をすべて明かします」

「…………」

「サン＝テグジュペリの飛行機には細工がされていました。彼は口封じのために、殺されたんです」

37

ホシは灯台の下を歩く二人の探偵を目で追った。まるで二匹のアリだ。彼らは港に沿って、紅海で漁をする漁船が並ぶ波止場へむかっている。二人の小型帆船は、もう少し先だ。それはもっとも小さくて速い船、海賊や密売人が使う船だった。二人はたちまちホシの視界から消えた。何千人もの巡礼者を乗せた輸送船が着いたところだ。

巡礼者たちは、なにを求めているのだろう？

砂漠でひとり、祈るだけでは足りないのか？　星の下で、灯台にむかって祈るだけでは？

ホシは反対側の窓をふり返った。

正面のビルではカップルが、テレビを観ながらまどろんでいる。

愛するとは、
共に同じ方向を見つめることだ。

ホシはテーブルの下に隠してあった四角い箱を取り出した。

どうしよう。あけようか。

それとも、またそっともとに戻そうか。

彼は地理学者の告白を思い浮かべた。

オコ、スワン、モイゼス、イザールはどうなったろう？

ホシはあえてたしかめなかった。

そのときが来た。きちんと知らなくては。オコがよこした二人の探偵が戻ってくる前に。

そして彼らに最後の真実を明かす前に。

灯台守はパソコンの電源を入れ、インターネットに接続した。数回のクリックで明らかになった。

ラ・プロヴァンス紙の一面を飾る写真には、リウ島の岩礁にぶつかり、爆発したヨットの残骸が写っていた。

ニューヨーク・タイムズ紙十面の小さな囲み記事には、キャデラックの屋根に激突した車椅子のショッキングな写真がのっている。

世界一大きなプールに水を入れる映像は、あらゆるSNS上を駆け巡り、百万回近くも閲覧された。時間と費用を節約するため、ダムの下に村を沈めるみたいに、水の底には小屋やテーブル、椅子、さらには近くの酔っぱらいまでが鎖で縛りつけられているなどという、信じがたい噂も流れていた。

BBCスコットランドがドローンで撮影した映像には、アーミニア（変わり者の老人ひとりと、数百匹のヒツジが暮らすだけの島）の城が全焼するさまが映し出されている。

ホシは海のほうにむきなおり、灯台の光が埠頭を照らすのを待った。赤い帆を備えた船の前に、二人の探偵の足跡が見つかるのではないかと。アンディは船倉にいることだろう。ヌヴァンはひとり、埠頭にたたずんでいる。煙草を吸うか、電話でもしているかのように。

ホシはまだためらっていた。箱を手に取ったものの、結局目の前の戸棚に片づけた。棚には四角い箱がほかに二つ置いてあった。脇に穴が三つ並んであいていて、どれもそっくりの形をしている。

ホシは微笑んだ。

こんなに要らないのに、地理学者はたくさん送りつけてきた。

彼の目は白い箱をしげしげと眺め、なんの住所も書いていないまっさらな罫線《けいせん》を追った。

次は誰に送ろうか？

あのかわいらしいアンディも悪くないのでは？

ともあれ好奇心旺盛なあの娘は、クラブ６１２に入会するに値する。

38

「今、どこなの？」

「最終段階まで来た。ここが終わったら帰るから……約束する」

「……………」

「なにか話してくれよ。元気かい？」

「いいえ」

「どうしたんだ？」

「…………」

「愛してる、ヴェロニック。きみに会えなくて寂しいんだ」

「嘘よ……」

「なんだって？　どうしてそんなこと言うんだ？」

「わたしがいなくたって、寂しくなんかないでしょ。あなたは空を飛ぶのが好きなの。あなたにはそれがすべてなんだわ。帰ってきたって、空が恋しくなるでしょう。空を飛んでいるときに、わたしを恋しいと思った以上に。わたしから遠く離れていても、あなたは別の惑星を見つける……だってこの世には、ほかにも同じようなヴェロニックがたくさんいるんだから」

「やめてくれよ……どうしてそんなこと言うんだ？」

「引きとめはしない。あなたを責めるつもりはないわ……わたしはあなたを愛しているけれど、自由に飛び立っていいのよ。あなたは自由。だってわたしはあなたを愛しているんだから」

「だけど、きみは悲しいだろ？」

「知りたいの？　聞いてどうするのよ？　あなたも悲しいってこと？」

「きみは悲しいんだろ？」

「もちろん、泣きたいほど悲しいわ。からっぽの空を眺め、絶望に打ちひしがれるほど。でも、かまわない。だってわたしが望むのは、あなたの幸せだけだから。あなたの幸福、それは空。ほかの人生、ほかの大地、ほかのヴェロニックなのだから」

「ぼくだって悲しいさ……」

「ええ、それは支払わねばならない代償よ。自由の代償」

「ともかく、もうすぐ帰るから」

「いいわよ……わたしを慰めるために帰ってこなくても。慰めは要らない。わたしは大丈夫。わたしの隣はあなたのためにいつでもあけてある。けれど、もうあきらめることにした。いくらあなたがここにいても、心はよそにあるくらいなら、いないあなたを想っているほうがまし」

「帰るよ、約束する」

「それはあなたにとって、死を意味するでしょう。心が少し死ぬことになる。あなたに死んで欲しくないわ、ヌヴァン。たとえ、ほんの少しでも」

39

ちらちらとはじける陽光で、わたしは目を覚ました。小型帆船の丸窓から、揺れる喫水線のすぐうえあたりが見えた。巨大な貨物船が停泊地に入ったところだった。何千人もの巡礼者が降りてくる。

それでもオンディーヌは船倉の奥に敷いたフトンのうえで、拳を握って横むきに眠っている。わたしの視線は砂漠の彼方に消えた。金色の谷、井戸、オアシス、ココナツの皮や椰子の木の葉のむこうに。

オンディーヌはありふれたバラではない。オンディーヌは気まぐれでも、高慢ちきでもない。引っ込み思案でもない。

わたしはオンディーヌに慣れ親しんだのか？

わたしはもうこの子ギツネに、責任があるのだろうか？

オンディーヌはわたしが投げかける視線の重みを感じ取ったかのように、シーツを引っぱりあげもしないで大きく伸びをした。

「ああ、まだ眠いわ……ごめんなさい、髪がくしゃくしゃで……」

わたしは思わず見とれてしまった。


オンディーヌはシャワーを浴びに行き、戻ってきたのはアンディだった。体を洗って服を着替え、朝食をとるのもそこそこに、あわててわたしを波止場に引っぱって行く。わたしたちは群衆を掻きわけ、灯台へむかった。アンディは歩いて階段をのぼると言い張った。数百段もあるというのに。わたしたちは息を切らして監視所までたどり着いた。

ホシは文字盤の前でわたしたちを待っていた。剃りあげた頭、鼻先にのせた眼鏡。まるでわたしたちが立ち去ったときから、少しも動いていないかのようだ。アンディは彼にひと息つく間も与えなかった。

「いったい誰、誰なんです、サン＝テックスの飛行機に細工をしたのは？　誰が彼の口を封じようとしたんです？　誰が彼を殺したんですか？」

ホシは昨日よりくつろいだようすだった。たぶん朝は灯台の明かりが消えて、巡礼者の数を数えなくていいからだろう。

「サン＝テグジュペリの口を封じようとした？　彼の飛行機に細工をしただって？（ホシは考えこんだ）ああ、それは昔からある珍説ですよ……昨日そんなものを持ち出して、あなたがたの好奇心を掻き立てたのは、どうしてもまたここにいらして欲しかったからなんです……」

「ともかく話してください」アンディは苛立ったように言った。

「サン＝テグジュペリは正面切ってド・ゴールを批判した数少ない知識人のひとりでした。一九四四年七月の末、連合軍の勝利はもはや疑いのないものになっていました。あとに続く政治的粛清もまたしかり……ド・ゴール派は彼を憎悪していました。サン＝テグジュペリは影響力の大きい、制御不能の邪魔者だったのです……サン＝テグジュペリは消されたのかもしれないという説は、戦後になって調査に乗り出した人々が真っ先に迫った手がかりでした。オディック将軍やマルタン司令官など、サン＝テグジュペリの友人だった有力者たちは本気で心配していました。サン＝テグジュペリは身の危険を感じ、保護を求めていると……」

「その人たちは手をこまぬいていたんですか？」

「サン＝テグジュペリは彼らと夕食を共にすることになっていたのです……一九四四年七月三十一日の晩に」

アンディは危うく叫び声をあげそうになった。

偶然の一致とはとても思えない。

「それに」とホシは続けた。「その朝サン＝テグジュペリは、偵察任務に出るはずではなかったらしいのです。当初、彼は出動可能なフランス人パイロット・リストの十三番目、最後に位置していました。それがどうして七月三十日の晩、彼の名がリストの最初に来たのかを説明できる者は誰もいませんでした……」

アンディは意気消沈し、動揺したように身をすくめた。

想像力が旺盛すぎるわが探偵君が、こんな与太話におたおたしているのは見るに忍びない。

「ド・ゴールがサン＝テグジュペリの抹殺の糸を引いていたなんて、いささか荒唐無稽なのでは？」

ホシは引き出しからプリントアウトした紙の束を取り出すのに忙しく、気のないようすでわたしに答えた。

「おっしゃるとおり……わたしだってそんな話を信じちゃいません。でも、持ち出さないわけにいきませんでした。あなたがたがもう一度わたしに会いに、ここまでのぼってくるように……もうひとり、別の殺人者について、あなたがたにお話しできるように。今度は正真正銘の殺人者です」

ホシは手近なテーブルに、プリントアウトした紙を並べた。新聞やネット記事のコピーだった。

粉々になったヨット、

　砕けた車椅子、

　　水浸しのビーチ、

　　　灰になった宮殿。

わたしは悲劇的なニュースに体が震えた。どこも見覚えがある。リウ島、マンハッタン島、コンチャグイタ島、オークニー諸島だ。

「何者かがクラブ612のメンバーを殺そうとしているんです」とホシは説明した。「ひとり、またひとりと」

アンディはもはや体を丸めて殻に閉じこもる小さな少女だった。わが人魚姫をひとり、苦しませておくわけにはいかない。わたしの脳細胞は調査のステップを順番に、素早くふり返った。映像を巻き戻すと、明らかな事実が浮かびあがった。

「凶器はわかってます！　シリアルキラーの手口はわかってる。四角い箱です。わたしたちが会ったクラブ612のメンバーは皆、同じ四角い箱を受け取っていました。ボール紙製で、穴が三つ横に並んでいて、飛行士が王子さまに描いてあげたのとそっくりの箱を。マリ＝スワンのテーブルにも、モイゼスの膝のあいだにも、イザールの玉座の近くにもあって……」

ホシは感心したような目をわたしにむけた。

「ご名答、刑事さん。そのとおりです」

彼はガラス窓の正面にある戸棚につかつかと歩み寄り、扉をあけた。

「こんな箱ですか？」

棚には箱が三つ置かれていた。そう、そっくりだ。

心臓がどきりとした。

ホシが……ホシが殺人犯だったんだ！

わたしはとっさにアンディの前に立った。

灯台守は箱のひとつを取り出した。

「どうです？　このボール紙の箱に、なにが入っていると思いますか？」

冗談を言う余裕すらある。

「もちろん、ヒツジじゃありません……」

ホシは箱をそっとテーブルに置いた。

「さあ、知りたければ、あけてごらんなさい」

彼はわたしにではなく、アンディに言った。

アンディは魅せられたように、前に歩み出た。ホシは三歩退《ひ》いて、腕組みをした。

「だめだ、アンディ。彼の言うことを聞いちゃいけない！」

わたしの声など、耳に入っていないらしい。アンディは箱に両手をかけた。

「やめろ、アンディ」

わたしはバラに責任がある。わたしは不幸をもたらす人間なんだ。

急いで飛び出したときには、もう遅かった。

アンディは箱のふたをあけた。


彼女の首のあたりに、きらりと黄色い光が輝いただけだった。

彼女は一瞬、体をこわばらせた。叫び声はあげなかった。

やがて恋人が倒れこむみたいに、わたしのうえに静かにくずれ落ちた。

わたしが腕で受けとめたので、音ひとつしなかった。


アンディはしばらくそんなふうに、じっとしていた。藁人形さながら力なく。やがて鼓動が衰え、息が弱まった。

とそのとき、アンディは箱をふり返ってぷっと吹き出した。

彼女の首筋に飛びかかったのは、紙の怪物だった。

折り紙の黄色いヘビ！

ふたをあけたとたん、ばね仕掛けみたいに飛び出すよう、箱のなかに巧みに折りたたまれていたのだ。どきっとはするけれど、無害な紙のヘビが。

わたしはわけがわからなかった。これはいったいどういうことなんだ？

ホシは床に落ちた黄色いヘビを、大事そうに拾いあげた。

「わたしはクラブ612のメンバーひとりひとりに、折り紙の仕掛けを施したこの箱を送りました。彼らがメッセージを理解するように」

「メッセージって、どんな？」

「ヘビは危険ではない。怪物は死をもたらすものではない。あれは演出にすぎない。王子さまは死んでいない。それはクラブ612のメンバーも、みんな同じです。彼らも自分たちの死を演出しなければならない。それから、指示に従わなくてはいけない。目的地にむかわねばならない。サン＝テックスはわれわれに、明白なメッセージを残した。多くの宗教で、ヘビはなによりも復活を意味しています」

わたしは剃髪の日本人を見つめた。最初、彼に会ったときに抱いた印象は、どうやら間違っていたようだ。変人ばかりを集めたクラブのなかでも、ホシはとびきりイカレている。

「すべてが箱のなかに説明されていました」とホシは続けた。

「すべてというと？」

「彼らに説明するよう、地理学者がわたしにたのんだことすべてです」

だったら説明すべきことの説明が要る。どこまで行っても堂々巡りだ！　わたしは口調を強めた。

「何者なんですか、地理学者っていうのは？　あなたがたが作る小さなコミュニティーの、六番目のメンバーは？　どこに行けば会えるんです？　オコのリストにはなにも書いてありませんでした。住所も名前も」

ホシはわたしの話など聞いていなかったかのように、アンディのほうに顔をむけた。わが女探偵は、落ち着きを取り戻したらしい。

「あなたには、もうひとつプレゼントがあります（ホシは戸棚の引き出しをあけ、黒い封筒を取り出した）。行程表の続き、最後のステップです。あなたは初めからわかっていたはずだ。すべての真実は、『星の王子さま』のなかに暗号化されていると。キツネがその鍵を握っている。線で消され、忘れ去られた一節、説明のない数字……さらに言うなら、すべての謎はサン＝テグジュペリの人生に隠されている。彼の伝記は愛人たちや妻の話、彼自身の告白に基づいています……そこから浮かびあがるのは、複雑で矛盾に満ちた人間像だ。しかしそれもまた、追手の目を暗ますためだったとしたら？　人々が描き出すサン＝テグジュペリの肖像は、それぞれ異なった視点から眺めた彼の姿です……コンスエロの大型トランクは、五十年の年月を経てようやくひらかれました。ネリ・ド・ヴォギュエが保管していた資料は、二〇五三年まで公開されません……大切なものは目に見えない。正直者のトニオ。しかし彼には、なんでも謎めかす趣味がありました。行方不明になる前日の晩も、友人たちのために手品を披露して見せました。文字や数学のパズルも大好きでした。〝でもきみは、どうしていつも謎めいた話し方をするの？〟と王子はヘビにたずねます（ホシは黄色い折り紙を落ち着いた手つきで箱に戻し、ふたを閉めた）。けれど同じことが、サン＝テックスにも言えるでしょう」

「〝おれにはすべての謎が解けるからさ〟」アンディはひと言、そう答えた。

ホシはにっこりした。

そして封筒をアンディに手渡した。

「だったらそれを証明してみたまえ！」

40

わたしたちは小型帆船の甲板にいた。ほかの船はすべて海に出てしまい、これが波止場に残った最後の一艘《そう》だった。みんな、なにを運んでいるのだろう？　海賊？　奴隷？　巡礼者？

アンディはイザールからもらったピーリー・レイスの地図をテーブルのうえに広げ、ホシの封筒にあった地図の断片をそこにつけ足した。地図に描かれているのは大西洋の、アメリカ大陸沿岸にほど近いあたりだった。大きな三角形の海に、数十の島がちりばめられている。

バミューダ諸島だ！

わたしはガゼルのなめし革に書かれた言葉を解読しようとしたけれど、目が疲れすぎていた。アンディのほうが視力はいい。彼女は島の名前を読みあげた。ヒルデガルダ、タマラ、コロンビア、スヴェア、アダルベルタ……

ここからどんな手がかりが得られるのだろう？　飛行士としてのわが記憶が正しければ、

これらの島はいかなる航海図にものっていない。ただのでっちあげだろうか？　位置が違っているのか？　それとも失われた火山島なのか？

アンディは判読を続けた。わたしはなんの役に立つのだろう？

突然、わが女探偵は指を立てた。

「ねえヌヴァン、バミューダ諸島の東にあるこの小島だけど、経度と緯度をたしかめてくれる？」

お安い御用だ。わたしはピーリー・レイスの地図の断片を平面地球図のうえに重ね、できるだけ正確に緯度と経度を計った。

深く考えもせずに……

結果は衝撃的だった。がつんと一発、顔面を殴られたみたいに。

なんてことだ！

そこでわたしははっと気づいた。バミューダ諸島のうえを飛んでいたとき、アンディがコックピットの計器盤を眺めてなにをたしかめていたのかわかったのだ。驚きのあまり、鉛筆の芯を折ってしまうほどだった。わたしは震え声で計測結果を答えた。

「この天文学者、つまりトルコの航海士が見つけたこの島の経度は、ぴったり西経61度2分。緯度は北緯32度5分から33度00分のあいだだ」

612は王子さまの小惑星の番号。

325から330は、王子さまが巡った六つの小惑星の番号だ。

わたしは口ごもった。

「こ……これが暗号だったのか。『星の王子さま』に隠された暗号は、まったくもって単純なものだった。小惑星の番号は、経度と緯度に対応していたんだ」

「船や飛行機が行方不明になる海域の」とアンディは、わたしに劣らず動揺したようにつけ加えた。

アンディは携帯電話に飛びつき、接続をたしかめた。だめだ、つながらない……彼女は苛立たしげに操作を続けた。

「ぜんぜん電波が届いていない」

わたしはその機を逃さずツッコミを入れた。

「きみは砂漠や砂丘の孤独を愛しているのかと思ってたよ、かわいいフェネックギツネ君」

「いまどき、サハラ砂漠のベドウィンだって、ネットくらいやってるのよ。さあ、あなたはバミューダ諸島について詳しいんでしょ。話してちょうだい……」

わたしは甲板を歩きまわった。ネットにつながるよう、あれこれ試しているかのように。わたしは指に唾をつけ、空にむかって立てた。それから赤い帆の近くで、じっと立ちどまった。

よし、電波が届いた。

「バミューダ諸島には約三百の島が点在している。その大部分は小さな無人島で、はっきり見えるかどうかは潮の具合次第……大洋の端に大きな環礁が広がり、底なしの海溝を不安定な火山島が取り巻いている。合衆国の沖にあって、大西洋のもっとも孤立した群島だ」

「孤立したっていうと、どのくらい離れているの？」

「千二百キロから千八百キロってところだな」

「海里で言うと？」

「換算は簡単。約千マイルだ」

最後の言葉を口にしたとたん、わたしははっと気づいた。前にもそんな話をしたことがあるぞ。ファルコン900に乗って、砂漠のうえを飛んでいたときだ。

「〝人里離れて千マイル〟！」とアンディは叫んだ。「サン＝テグジュペリは『星の王子さま』のなかで、この表現を五回も繰り返してる。強迫観念に駆られたみたいに、この航海用語を連呼してる。単純な話じゃない。明々白々ってこと。五回もよ！　彼が住んでいた場所、マンハッタンから千マイルの島を探せばいいのよ」

「トニオときたら、なんて大胆不敵なんだ」

アンディは甲板のうえを、ぴょんぴょん飛び跳ね続けた。

「飛行士さん、もうひとつ訊いていい？」

「………」

「バミューダ諸島の首都は？」

電波が届いて、わたしはようやく反応した。畜生、やられた。これも明らかじゃないか。

「ハミルトン」

「どういうこと？　ハミルトン？」

「バミューダ諸島の首都はハミルトンっていうんだ……」

アンディが今度こそ本当にひっくり返る前に、わたしはあわてて支えた。

「シルヴィア・ハミルトンと同じハミルトン？　サン＝テックスが『星の王子さま』のオリジナル手稿を託した女性ジャーナリストの？　とても……信じられない。こんな手がかりが、すぐ目の前にあったなんて。だからこそかえって、誰もそれに気づかなかったんだ。まさかバミューダ諸島は、バラともなにか関係があるとか……」

すっと血の気が引いた。

「ビーチには……バミューダ諸島の砂浜には、世界的に知られたユニークな特徴がある」

「早く教えて。もう、なにがあっても驚かないから」

「バミューダ諸島の砂浜はバラ色なんだ！」

探偵はふらっとよろめきながら、わたしに近寄りしがみついた。これはアンディ？　それともオンディーヌ？

「そこでなにが見つかるんだろう？　飛行士さん、その島でなにが見つかるの？」

地理学者の島

そのあと探検家が証拠品を持ってきたら、インクできちんと記入するのだ。

地理学者、小惑星330

海の沖あいに、存在しない島に捧げられた燃えあがる運命がある。

『城砦』

41

わたしは目をGPSに釘づけにしながら、水面をかすめて飛んだ。バミューダの国際空港に着いたのは、ほんの一時間前だった。それから一分で、水上飛行機を借りた。オコ・ドロに渡されたクレジットカードは万能だった……真実にここまで近づいた今こそ、利用しない手はない。

わたしたちは群島の中心の島から東に数百キロ、大西洋のうえを飛び続けた。

西経61度2分。

北緯32度5分。

「ほら、あそこ！」とアンディが叫んだ。

島が海面ぎりぎりに顔を出し、ちっぽけなバラ色の砂浜が見てとれた。岩がいくつか突き出し、小惑星みたいな丸い形の小屋が杭《くい》のうえにたっている。

海は穏やかだったけれど、わたしたちの心臓は嵐みたいに大荒れだった。

わたしは水上飛行機を着水させ、タイヤが砂浜に潜りこむまでプロペラをまわし続けた。

青年が浜辺でわたしたちを待っていた。上半身裸で裸足、あごもつるつるだ。

この男が地理学者なんだろうか？　てっきり白ひげの学者だと思っていたのに、まさかこんなのっぺりして、きれいに日焼けした若者だとは。

「あなたがたがいらっしゃることは、ホシさんからうかがっています」と男は穏やかな口調で言った。「わたしはステロといいます。さあ、こちらへどうぞ」

わたしたちは狭いビーチに沿って歩いた。湿った砂が足の裏に張りついた。

「この島はどんな地図にものってません」とステロは言った。「潮が満ちると、海に沈みかけてしまいますからね。そうなると杭のうえの小屋しか見えなくなり、みんな船と間違えるんです」

わたしたちは砂浜の上方にある石のベンチの前を、そのまま通りすぎた。

「ところが不思議なことに」とステロは続けた。「ピーリー・レイスの地図だけは、この環礁のかけらを取りあげているんです。この島も数世紀前は、もっと大きかったのかもしれません。わたしたちの足もとには、火山が眠っているのかも。しかし、いつ何時目覚めないとも限らない。そうしたら、明日にもこの島は存在しないでしょう」

「〝地図には永続するものしか記載できない〟」とアンディは静かに言った。「〝突然消えてなくなるかもしれない場所などのせられない〟」

アンディとステロはお互い認め合うかのようににっこりした。

「こちらへ」

わたしたちは第二の砂浜にたどり着いた。ひとつ目の砂浜よりもずっと小さいので、引き潮のときしか姿をあらわさないだろう。バラ色の砂浜に、黒い花崗岩の石板がいくつもたっている。

墓地だ！　ここは海に沈む墓地なんだ。

わたしは文字が刻まれた十枚ほどの石板を、茫然と眺めた。そしてアンディの手を取った。

航海士や飛行士たちの墓だろうか……

「この世に嫌気がさし、隠遁《いんとん》したいと思ったとき」とステロは言った。「彼らはここに隠れ場所を見出したのです。秘密は厳重に守られました。なかに何人か、乞われて明かす者がいた以外は」

青年は数メートル先にある墓を指さした。

アントワーヌ・ド・サン＝テグジュペリ
一九〇〇－一九九四

「トニオはここで五十年間暮らしたんです！」

足もとの砂が波に流され、膝ががくがくした。わたしたちはベンチのほうへ引き返した。杭のうえにたった丸い小屋に近づくと、大きな声が聞こえた。

またしても、さらなる驚きが待っていた。あの声はスワン、モイゼス、イザール、オコだ。「ここがサン＝テグジュペリのパラダイスってわけ？」とスワンの声があきれたように言った。「こんなちゃちな小屋が！　ホシが約束したのとは大違いだわ！　あのへっぽこ点灯人が到着したら、とっちめてやらなくちゃ」

「違いない」とイザールの声が続けた。「少なくともわが宮殿に集まったときは、もっと広々した部屋だったぞ。煙と化したわが宮殿に……」

「しかもこの小屋には、一滴の酒もないときてる」モイゼスが追い打ちをかけた。「飲み物といったら、海水をろ過した水だけだ」

「わがヨットを提供したいところだったが」とオコは皮肉っぽい口調で言った。「今や地中海の底で、P38の残骸と、パーカー51万年筆の隣に眠っているからな」

42

「こちらへ」

ステロはまたそう言うと、岩をよじのぼり始めた。アンディはそれをやりすごして、うしろ姿を眺めている。軽業師よろしく張りつめる背中の筋肉を、じっくり堪能しようというつもりらしい。

「それじゃあ、サン＝テックスは地中海で戦死したんじゃないの？」アンディは意を決したように口をひらいた。「彼はここにやって来たってこと？　そんな……とても信じられない……」

ありがとう、アンディ！　わたしも同じ考えだ。文字を刻んだ花崗岩の板だけでは、なんの証拠にもならない。

ステロは岩のひとつに腰かけ、白い歯を見せて笑った。

「信じられないですって？　アントワーヌはことあるごとに、この世から身を引きたいと口にしていました。死にたいというのではなく、どこかへ行ってしまいたい……姿を消したいと言ってたんです。彼が書いたものを読めば、明らかじゃないですか」

アンディは言い返した。

「ええ、わたしも初めはそう思いました。みんなと同じように。それは多くの読者たちが、何年ものあいだ抱き続けた幻想でした。サン＝テックスは死んでないって。彼はどこかに隠れているんだって。でも……」

「でも」とステロは続け、海のように明るい目でアンディの目をじっと見つめた。「サン＝テグジュペリはけっして見つからなかった。年月がすぎるにしたがい、夢は消え去った。アントワーヌは一九〇〇年六月二十九日の生まれですからね……二十世紀の終わりが近づくにつれ、いくら熱烈な信奉者でも、クラブ６１２のメンバーでさえ、彼が戻ってくるとは信じられなくなりました。おまけに一九九八年、例のブレスレットが奇跡的に発見されるに及んで、サン＝テグジュペリはまだ生きているという希望は完全に潰《つい》えました」

アンディは半信半疑のようだったが、わたしは違った。ここはひとつ、湿った岩のうえに腰を据えよう。

「そうはいっても、花崗岩の墓石だけではね。ほかにも証拠を示してもらわないと」

アンディもうなずいているけれど、わたしが期待したほどではなかった。

「あなたもクラブ６１２にお入りになりたいですか？」いきなりステロはたずねた。

アンディに言ったのであって、わたしにではない。まさか、こう来るとは。

「それはもう」とわがキツネは、満面の笑みで答えた。「クラブも少し若返らなくちゃね」

ステロは大笑いした。

「わたしがそんなに年寄りだとでも？」

「あなたは本当に地理学者なんですか？」

「まあね……入会試験を受ける準備はいいですか？」

アンディは別の岩に背中とお尻を押しつけ、姿勢を整えた。真珠色に輝く肌、大きすぎるTシャツ。こんなにかわいらしい貝はほかにない。

「いつでもどうぞ。課題はなに？」

「サン＝テックスは一九四四年七月三十一日に死んだのではないと、疑り深い人間に認めさせよ。この世の疑り深い人間たちすべてに」

わたしはびっくりして飛びあがった。疑り深い人間っていうのは、おれのことかよ？　こっちの意見も聞いたっていいだろうに。

「まずはそちらからどうぞ」とアンディは言った。

望むところだとばかりにステロは答えた。

「〝おかしな惑星だ〟とアントワーヌは、愛人のナタリー・パレに書いています。〝もっとシンプルな人生を送れる星が、どこかにあるでしょう〟と。彼はようやくその星を、この環礁に見つけたのです……」

「ああ、それね」とアンディは言った。「だけど美しいロシア人の愛人は、サン＝テグジュペリの人生をつかの間照らした流れ星にすぎなかった。わたしなら、一九四四年、ネリ・ド・ヴォギュエに宛てた手紙のほうが遥かにぴったりだと思うけど。〝ぼくはあんな馬鹿者たちのもとから、さっさとオサラバしたいんだ。ぼくはこの惑星で、なにをすべきなんだろう？　ひとはぼくになにも求めていないのか？　だったらちょうどいいさ。ぼくもやつらに期待しちゃいない。やつらと同じ時を生きるなんて、喜んでやめにするさ。ともかくぼくは休みたいんだ〟。だからって、アントワーヌは死にたいとは書いてない。ただみんなと同じ時を生きるのは、やめにしたいと言っているだけ。生きているのが嫌になったとは言ってない、人間たちのもとを離れたいと言っているだけ」

ステロは静かに拍手をした。

「いや、お見事、マドモワゼル。でもわたしには、もっといい証拠がありますよ。一九四四年五月、フランソワ・ド・ローズ夫人に宛てた手紙がね。それから三か月もしないうちに、アントワーヌは行方不明になったんです。とても奇妙に思われるでしょうが、ローズ夫人というのは本名でしてね、いやもう実にすばらしい手紙です。そのなかでアントワーヌは、こんなことを言ってます。ぼくはひたすら静寂を夢見ている、文明の利器たる電話には耐えきれない、あんなものから離れていたいって。電話なんて目の前にいる人間に取って代わる偽物なんだって。かわいそうなサン＝テックス。この世界がどうなってしまったか、もし彼が知ったならって思いますよ」

ステロは一瞬言葉を切って、海の前にある石のベンチを見つめ、それからまた作家の言葉をそらんじた。

「〝もう里程標はうんざりだ。それはどこにもひとを導かない。ともかく、今こそ生まれ出るときだろう〟。どうです、マドモワゼル？　サン＝テックスは飛行機を捨てようとしていた。死ぬためではなく、生まれるために！　そして最後に彼は、すべてをローズ夫人に明かしていきます。〝ソレームへの召命か、チベットの修道院への召命が来るのを待ちながら、ぼくはまた飛行機のスロットルレバーを引き、時速六百キロで飛び始める〟と。とうとう彼は、自らの修道院を見つけました。遺書とも言うべき手紙は、こう終わっています。〝ぼくはただ永遠の五分間、友情に包まれて腰かけるためにやって来た〟。ここに、このベンチに……これが結論です」

二人は大西洋を望む石のベンチを、満ち潮に呑まれかけたベンチを、共にじっと見つめている。

わたしなんかもう、存在しないかのように。

アンディの目を引こうとしたけれど、彼女はこちらを一顧だにしなかった。ただひたすら、孤島の若きアポロンに挑み続けている。

「そのとおりね」とアンディは認めた。「サン＝テックスはベンチを探し求めていた。ただ永遠にむき合うベンチを。そしてそのベンチを、あなたは見つけた……でもわたしの手札は、もっとすごいんだから」

「本当に？」

「一九四四年七月、サン＝テックスは母親に一通の手紙を書いた。ところが奇妙なことに、母親がその手紙を受け取ったのは一年後だった。手紙のなかで彼は……」

「アントワーヌはその手紙を、ここで書いたんですよ」

アンディはしばらく茫然としていた。ステロは自信たっぷりに繰り返した。

「アントワーヌはそれをここで書いたんです、そのベンチで。彼はその日、大変な危険を冒しました。とっくに死んだと思われているのに、まだ生きていると手紙のなかで明かしたのですから。念のため、日付は行方不明になる数日前にしておきましたがね。彼は手紙を書かずにはいられなかったんです。絶望のどん底にいる母親に、便りを届けたかった。そんなことをしたら、策略が露見してしまうかもしれないのに。それに母親はずっと、こう言い続けていました。わたしにはわかっている。息子は生きている、どこかに身を隠しているのだって。しかし人々は皆、手紙は出してから一年後に届いたのだろうという話を鵜呑みにしました！」

わたしはアンディのようすをうかがった。小さな手で、岩をきつく握りしめている。今にも岩が砕けるかと思うほど。わが女探偵は、入会試験に落とされてなるものかとさらにねばった。

「ふうん……そんなことだと思ってた！　そうとわかれば明らかよね。あの手紙は、これから死のうという人が書いたものじゃない。みんなからは死んだと思われているけれど、近しい人々を安心させようとする人の手紙だもの。彼はこんなふうに書き始めてる。〝ぼくのことなら心配しないで。この手紙が無事に届くといいのだけれど。ぼくはとても元気です。ぴんぴんしてる。心の底からキスを送るから、ぼくにもキスを返してね〟。とても短いこの手紙のなかで、サン＝テックスは自分のことをほとんど書いてない。いつもなら、母親への手紙は長々と書くのに、ここではひと言元気だと言うだけ。これは葉書に書かれていた。生きていた行方不明者からはるばる届いた葉書ってこと」

アンディは疲れきったように言葉を切り、ステロの青緑色の目を見つめた。そこに賞賛の表情が浮かぶのを、期待しているのだろう。わたしはいないも同然だ。

「これでクラブ612に入れる？」

ステロは彼女を褒め称えるように、目をしばたたかせた。

「そう焦らないで、マドモワゼル……あなたは実にすばらしい。しかしテストは、まだ半分しか終わっていないんです」

「どういうこと？」

ステロはわたしのほうをむいた。

「わたしたちはこの星の疑り深い人々に、疑問の余地なく証明してみせました。アントワーヌは人間たちから離れて休むためのベンチを、星を、島を求めていた……でもあなたがたは、二重殺人を調査していたはずですよね。それを忘れてはいけない。じゃあ、王子さまは？　王子が姿を消したのも演出にすぎないと証明する、どんな証拠があるでしょう？　だってそうですよね、アントワーヌは自分の行方不明を演出した。だったら『星の王子さま』のなかでも、それを告げているはずです」

アンディはこの新たな挑戦に、顔を輝かせた。しかし、わたしは違う。

疑り深い人間は、どこまでいっても頑《かたく》ななんだ。

「さあ」とステロはうながした。「あなたの考えは、マドモワゼル？」

「わたしが思うにその証拠を見つけるには、モルガン・ライブラリーのオリジナル手稿に立ち帰ってみるべきね。もともとサン＝テックスは、『星の王子さま』をこんなふうに始めるつもりだった。〝むかしむかし、とてもちっぽけな星に住んでいる王子さまがいました。王子さまはすっかり退屈していました。朝起きると、王子さまは星の掃き掃除をしました。埃がたくさん積もっているときは〟。そのあとは判読できないけれど、王子さまが星を掃いているところと、水のなかに横たわっているところを描いた二枚の絵が残ってる。〝けれども王子さまは、海で沐浴《もくよく》をしました〟」

「沐浴って？」とわたしはたずねた。

「ちょっと古い言い方だけど、お風呂に入って体を洗うっていう意味よ……」

アンディのそっけない返事に、わたしはかちんときた。

「つまりこういうこと」とわが子ギツネは続けた。「サン＝テックスが初めに意図したのは、わたしたちに愛の物語を語ることではなかった。バラのもとを離れた王子が、再びバラに会おうとする物語ではなく、退屈している王子の物語だった。やらねばならない仕事に、彼はうんざりしていた。掃除はもうたくさんだ。埃で病気になりそうだった。彼は空想にふけった。体を洗い、身を清めた。だけどそれは空や砂漠ではなく……海でだった！　でもこんな物語では、あまりに意図が見えすいている。サン＝テックスはもっと狡猾《こうかつ》だった。話を複雑に作り変え、すべてを隠した。もっとも、思わず本音が漏れているところもあるけれど。王子さまはバラのもとを離れるとき、〝逃亡〟という言葉を使っているじゃない……妙な表現でしょ？〝逃亡〟だなんて。まるで囚人が脱獄して、どこかに隠れようとしてるみたいじゃない」

ステロはびっくりしたようだ。

「ブラヴォー、マドモワゼル。それじゃあ、オリジナル手稿と決定稿のあいだにある、こんな異同についてはどう思われますか？　人類全体を小さな一か所に山積みにする話が出てきたところで、アントワーヌはもともとマンハッタンを例に出していましたが、それを太平洋の小島に変えています……」

わたしは口を挟もうとしたけれど、アンディに先を越された。

「でも、大西洋の小島とは言ってないでしょ」

「サン＝テックスはそんなにたやすく、すべての鍵を見せてはくれませんよ」とステロは言い返した。「しかし彼は、人類全体をちっぽけな小島に押しこめられると主張している。人類とは、彼のことなんです！　真実がわかってみれば、驚くべきメタファーじゃないですか。さらには決定稿ではなぜか削除され、モルガン・ライブラリーの手稿にしか見られない一節もあります。そこで王子さまは発明家と出会います。〝この緑のボタンを押してごらん。そうすれば北極にひとっ飛びできる〟と発明家は言う」

「〝どうしてぼくが北極に行かなくちゃいけないの？〟」とアンディは続けた。

二人とも、決定稿に採用されなかった『星の王子さま』の一節を、そらで覚えているらしい。わたしは驚くと同時に……なんだか苛立たしかった。

「〝そこが遠いところだからだ〟」

「〝ボタンを押すだけでいいなら、遠くはないさ。だけど北極が大事な場所になるには、慣れ親しまないと〟」

「〝慣れ親しむっていうのは、どういうことだね？〟」

「〝北極で長い時間をすごすこと、黙ってじっとすごすことさ〟」

二人はわたしを見つめた。共犯者めいたそのようすに、わたしはたじろいだ。

「つまり、もともとサン＝テックスは」アンディは堰《せき》を切ったように話し出した。「友だちのキツネや愛するバラと慣れ親しむのではなく、極地と慣れ親しむ話を書いていた。彼は距離と慣れ親しみ、沈黙と慣れ親しみ、自分自身と慣れ親しむ。彼は自由と慣れ親しむ」

彼女はわたしを見つめた。わたしはなにも言わなかった。ただ、顔を曇らせただけ。

アンディはばつが悪そうだったけれど、ステロは息をつく暇を与えなかった。

「そういうことです、マドモワゼル。バラの話が出たところで、そこに戻りましょう。もっとも重要な手がかり、キリスト教徒にとって楽園のシンボルであるバラに……でも、楽園など存在するのか？　それは死後も生き続けられる、唯一の可能性なのか？　アントワーヌは信心深くはありませんでした……だったらもっと簡単に、死後も生き続けられる方法はないのか？　世俗の楽園、地上の楽園は存在しないのか？　生きている者たちから、白アリの巣から離れ……王子さまのように星へむかうことはできないのか？　あるいはもっと単純に、島へむかうことは？」

「ええ、たしかに」とアンディは茶化すように言った。「王子さまの星、それはサン＝テグジュペリの島。あなたが言うことは、どれもこれもそのとおりよね。だったらなかでも極めつきを、忘れないようにしなくては。〃ぼくは死んだようになるけど、本当に死ぬわけじゃないんだ〃っていう王子さまのせりふ！　お見事、トニオ！　なんとも含蓄のある言葉だわ。だってこれは王子のことだけでなく、サン＝テックス自身のことも言ってるんだから」

ステロはなにか答えようとしたけれど、アンディは興奮して話を続けた。

「彼は最終章で、さらに大胆なふるまいに出た。語り手の飛行士は少しほっとしたように、こんなふうに言っているでしょ。〃ともあれ、王子は星に戻ったはずだ。夜が明けてから捜してみたけれど、王子の体は見つからなかったから。そんなに重い体ではなかったろうし……〃って。すごい手がかりじゃない！　つまりサン＝テックスの死体も、けっして見つからないだろうってわけ。鉄製のぬけ殻、つまり彼の飛行機が残されただけで……サン＝テックスの死体が見つからなければ、彼も自分の星に戻ったことになる。王子の言葉に従うなら、そのはずよ……そう思えばみんな慰められる。サン＝テグジュペリは死んでないって！　だけど撃墜されても死体は見つからないなんて、どうしたら予測できるだろう？　二つの行方不明のあいだに、そんな偶然の一致が起きるなんてありえない。よくよく考えれば、公式見解は成り立たない。サン＝テックスはきっと、初めからすべて計画していたのよ。彼は物語の終わりで、こう自問している。王子のために描いたヒツジの口輪に革紐をつけ忘れたから、ヒツジは花を食べてしまったのではないかって……それはまさしく、この地上を逃れた男が抱く疑問よ。戦争はどんな結末を迎えるのだろう、下劣な獣が世界を食い荒らすのではないか。そして白アリの巣はずっと残るのか。彼はこれからも傍観者として、そう問い続けることになる」

43

やがて潮が満ち、島は小さくなった。

わたしは快適とは言いがたい岩場を離れ、わずかに残った浜辺に腰をおろした。アンディは入会試験に合格し、ステロも賛辞を惜しまなかった。彼女はしばらく席をはずし、身支度を調えてきた。沐浴をしてルビーのネックレスをさげ、髪にはひなげしの花がちりばめられている。彼女はバラ色の砂に劣らず優雅に戻ってくると、若き地理学者の目の前にピーリー・レイスの地図を広げた。

「サン＝テックスはどうやったの？」とわが天才子ギツネはたずねた。「わたしはもうクラブの一員なんだから、教えてくれてもいいでしょ？　どうやってサン＝テックスは、まんまと姿を消したの？」

ステロはガゼルのなめし革のうえに指を滑らせた。

「本当のところは誰にもわかりませんが、難しいことではなかったでしょう。飛行機が急降下すると、パイロットはたいてい緊急脱出をします。サン＝テックスもそうやって海に飛びこみ、リウ島まで泳いだのです。犠牲者が出ないよう、海中に突っこまねばなりません。それでいて港や空港の近くに。しかも飛行機の残骸がすぐに発見されないよう、飛行計画からはずれた地点でなければ。あとは簡単に姿を暗ませます。とりわけ戦時のことですからね」

あるいは証人たちの話は、みんな本当だったのかもしれない、とわたしは思った。サン＝テグジュペリの飛行機はドイツ人飛行士ホルスト・リッペルトに撃墜され、彼は海上で別のドイツ軍兵士カール・ボームに救助され、ドイツ軍当局に送られた。サン＝テグジュペリはけっして自分の名前を明かすまいと決意し……解放されても……国に戻ることはなかった。

アンディは魅入られたように、考えこんでいる。

「クラブ612にも、手がかりを見つけることはできなかったと？」と彼女はたずねた。

「サン＝テグジュペリの謎を追う者ならみんな、なにか策略がありそうだ、手品の仕掛けが隠されていそうだと感じていました。勘の鋭い連中のなかには真相に近づいた者もいましたが……結局手は届きませんでした」

「で、あなたは？」とアンディは言った。「あなたはどうやって真相をつかんだの？」

青年はなにも答えず、ガゼルのなめし革を指で撫でている。わが子ギツネはその指を、大洋と大陸のあいだでつかんだ。

「ステロさん、あなたはいったい何者なの？」

青年はそれでも黙ったまま、海にむかって目をあげると、隣の浜をじっと見つめた。潮が満ちて、少しずつ墓石を覆っていく。

わたしも水平線を見つめた。船は一隻もない。わたしの頭に、別の疑問が浮かんだ。

44

「どうして船だったんだろう？」

そうたずねるわたしの声に、二人ははっとした。

疑り深い男は言葉を変えて問いなおした。

「サン＝テックスは飛行士だったんですよね。だったらどうして船に乗り、水のなかを逃げたんだろう？」

ステロは許可を求めるみたいにアンディを見やり、それからこう答えた。

「島は惑星なんです……簡単に行くことのできる星なんですよ。サン＝テグジュペリの飛行機好きに気を取られて忘れがちですが、彼は船も大好きでした。ありとあらゆる船が。飛行士になる前には、こんなことも書いています。〝ときには帆船の写真が島の描写に翼を与え、すべてを夢のなかに連れていってくれた〟とね」

「ニューヨークのビルに閉じこめられているときにも」とアンディが続けた。「彼はネリにこう書いている。〝今ぼくはほかのどこより、外海にいるような気がする〟って」

二人の話はもう、わたしの耳にほとんど入っていなかった。モルガン・ライブラリーにあった初期のデッサンが脳裏によみがえった。砂漠に降り立った王子の絵。砂丘は波を思わせ、隣の砂浜にたつ花崗岩の墓石は、まるで水に呑まれかけているみたいだった。

「『星の王子さま』のなかで……」ステロはそう言って、アンディの肩に手をかけた。「語り手の飛行士が砂漠に不時着したとき、最初に発した言葉はなんでしたでしょう？」

二人は声を合わせて暗唱した。

「〝わたしは人里離れて千マイルの砂漠で眠りについた。大海原の真ん中を筏《いかだ》で漂流するより孤独だった……〟」

アンディはステロの肩に頭をもたせかけた。

「それではヘビは王子を咬む前になんと言ったか？」

二人の声はきれいにぴたりと合っていた。

「〝でもおれは、船よりもっと遠くまでおまえを運ぶこともできる〟」

わたしは若い二人を見つめた。やれやれ、こいつらにはとうていついていけない。

隣の浜辺には、もうバラ色の砂も、灰色の岩も、黒っぽい墓石も見えなかった。

海がすべてを覆い尽くしてしまった。

数分後には、わたしたちのいる浜も覆ってしまうだろう。

海面に顔を出すのは、杭のうえにたった小屋だけになる。そこからざわめきが聞こえる。

気の置けない仲間どうし、言いたいことを言い合う声が。

45

「なんとまあ」とオコは嘆かわしそうに言った。「バミューダ諸島にはビジネスで何十回となく来ているのに、トニオがすぐ脇の島に眠っていたなんて。まさかそんなこととは、露ほども疑わなかったよ……」

「お見事、トニオ！」とモイゼスが続ける。「でもオコ、もしおまえに見つかっていたら、彼の世俗の楽園《パラディ・ライツク》は、たちまち租税回避地《パラディ・フイスカル》にされてしまっただろうが」

「わたしなら見破れたはずなのに！」とマリ＝スワンが自嘲気味に言った。「バミューダ諸島の首都ハミルトンはシルヴィアと同じ名前。答えはそこにあったんだわ、わたしのすぐ目の前に。何年ものあいだずっと、わたしはアントワーヌからたった千マイルのところにいたなんて……」

「いや、わからんぞ」とモイゼスが茶化すように言い返した。「嫉妬深いバラさん、もしあんたに見つかってたら、どうなったことやら。きっとサン＝テグジュペリはあんたを、海に放り出していただろうさ。彼はとりわけ女たちから、千マイルの距離を置きたかったんだ。彼が望んでいたのはただひとつ、共に酒を酌み交わせる男友だちだ」

「あるいは、教え諭すための友だちか」とイザールがつけ加えた。「この環礁はまさにゴミ捨て場だ……惑星だって、顔を洗わにゃいかん」

懐かしさがこみあげてくるのもつかの間、彼の大声は爆笑に変わった。世界の果ての孤島で、なんていう大騒ぎだ。これじゃあサン＝テックスだって、墓に戻ってしまうぞ。アンディも笑顔の陰で、ため息をついていることだろう。せっかくクラブ612に入会できたというのに、そのメンバーがそろいもそろって瞑想の地を汚す、こんな騒々しい観光客だったとは。

「彼らはいつまでもここにいませんから」ステロもアンディの心の内を察したらしく、そう言った。「こんなにちっぽけな島ですからね（彼は杭のうえの小屋をふり返った）。あれはとても変わった家で、寝室はひとつ、ベッドもひとつしかありません……でもオコ、スワン、モイゼス、イザール、ホシは真実を知るに値する。サン＝テグジュペリの墓を見て、理解するに値します。なんといっても『星の王子さま』は、彼らの人生を変えたのですから」

アンディはまだ海に呑まれていないバラ色の砂をつかみ、さらさらと指のあいだからこぼした。

「ひとつ、ずっと気になっていたことがあるのだけど」と彼女は言った。「ブレスレットのことです。一九九八年、リウ島沖で漁師が発見したという例のブレスレット。あれがそもそもの始まりだったのだけど、そんな偶然が本当にあるものかしらね？」

ステロはアンディを見つめ、その手を取った。そしてこぼれる砂を受けた。バラ色の砂はとても神聖なものだから、おもちゃにしてはいけないとでもいうように。

「疑問に思うのはもっともですよ、マドモワゼル……偶然など存在しない、けっしてありません。一九九四年、サン＝テグジュペリがここで亡くなったあと、ようやく彼の死を明かすことが可能になりました。もうなにも、障害はありません。クラブ612のメンバーを含めてアントワーヌを愛する人々は、探索を終わりにできるのです。誤った希望の光が、彼らを照らし続けるには及びません。そうと決まれば話は簡単でした。ブレスレットはコンスエロのトランクにあったものです。一九九八年といえば、そのトランクが忘却の彼方から抜け出てきた少しあとです。でも、誰もその偶然の一致には気づく者はいませんでした。ブレスレットはたしかに、編集者から贈られたものです。けれどもアントワーヌは、それを戦場につけてはいきませんでした。彼のバラ、コンスエロのもとに残していったのです。サン＝テグジュペリの手首にそのブレスレットがさがっているのを、誰も見たことがないというのも、それで説明がつきます。ジャン＝クロード・ビアンコのトロール船の乗組員は、五人のメンバーからなっていました。なぜか三名はイスラム教徒でひとりはユダヤ教徒、もうひとりはキリスト教徒でした。そのうちひとりにブレスレットを預け、アントワーヌのP38ライトニングが沈んでいるちょうどうえあたりで、網のなかにそっと入れるようにたのんでおけばいいんです。それで手品の一丁あがり。ビアンコは自分がそれを引きあげたのだと、すっかり信じこんでしまいました。やがてトロール船の下の海底を探索したところ、飛行機の残骸が見つかって、識別番号が確認されました。証拠品はすべてル・ブールジェ航空宇宙博物館に展示され、事件は一件落着というわけです。もう謎は、なにも残っていない。アントワーヌは一九四四年に亡くなり、海の藻屑と消えたのです」

「五人の乗組員のうち誰にブレスレットを預けたのか、もちろん明かす気はないんでしょうね？」

「ええ、もちろん……アントワーヌの飛行機は撃墜されたのだと、皆を納得させればいいんです。残りの計画を遂行するのは、難しいことではありません」

「でも、誰がすべてを仕組んだの？　あなたじゃないですよね。だって一九九八年、あなたはまだ赤ちゃんだったはずだもの。クラブ612を設立した地理学者もあなたではない。だって生まれてもいなかったんだから」

「それを明かすのはのちほどにしましょう。さしあたって、もっと大事なことがある」

「もっと大事なこと？」

「『星の王子さま』の本当の教訓です……それこそが本当の答え、本当の解決なんです」

まるで自然が異を唱えたかのように、不意に波が押し寄せた。穏やかな大洋が怒っている。わたしは頭のてっぺんから爪先までずぶ濡れになってふり返った。

大きな帆船が着いたところだった。

46

帆船は早くも出航しようとしていた。白い帆がハンカチのように揺れている。

「また来ますよ」とクラブ612の五人は声をそろえて約束した。

「もっと大きなヨットでね」オコは帆を操る古びたロープに長い脚を絡めようと、四苦八苦しながら言った。

「もっと酒も積みこんで」とモイゼスは言いながらも、食糧貯蔵室にラム酒のひと瓶も残っていないかと探っている。

「もっと若い男も連れて」スワンは犬のアニバルをぎゅっと抱きしめながらそう言って、胸筋まで水に浸かったステロを貪るように見つめた。

「海岸にたてる旗も用意しよう」とイザールが言った。「宮殿を作ってユートピアを建設せねば……」

「さあ、急いで」ホシは航海灯を灯しながら、そう呼びかけただけだった。「もうすぐ暗くなります」

灯台守は環礁に、ほんの数時間いただけだった。まだ明るい空に、最初の星があらわれ始める。

彼はそのあいだに隣の浜辺まで、オコ、スワン、モイゼス、イザールと短い散歩をした。五人の仲間がようやくまた集まった。そしてようやく、みんな静かになった。

花崗岩の墓石の前で、長い黙禱《もくとう》が続いた。

アントワーヌ・ド・サン＝テグジュペリ

一九〇〇－一九九四

思い出を寄せ集め、しおれたものもいつかまた花ひらくと確信した。ただ地中に埋もれてしまうのではない、しっかり根を張っているのだと。

風が吹き始めた。船の帆が風をはらむと、胸がきゅっと痛んだ。丸い飾りのついたマリ＝スワンのベレー帽が吹き飛ばされ、アニバルが最後にもう一度吠えた。

五人は行ってしまった。

島はもう紙吹雪の一片にすぎない。

わたしたちは三人きりになった。海の彼方では、太陽が地球の反対側へむかってゆっくりと沈み始めている。

わたしたちはベンチに腰かけた。まだ海上に浮かんでいる小屋とベンチが、わずかに残った島の断片だった。

「それじゃあ、本当の答えってなんなの？」とアンディはたずねた。彼女はひとたび口にした質問を、これまであきらめたことがない。「『星の王子さま』の重要な真の教訓っていうのはなに？」

「途中で口を挟まずに、わたしの話を聞いてくれますか？」とステロはたずねた。

「ええ、サン＝テックスが心ひかれたソレームの修道院に誓って！　ここにこもったアントワーヌ修道士よりも、もっと静かにしてるから」

ステロはにっこりした。

「いいでしょう……少し長い話になりますが……『星の王子さま』の教訓は責任を讃えることだと、読者はみんな思っていますよね。〝きみは慣れ親しんだものに、いつだって責任がある……〟」

「その話はすでにしてますよ」とわたしは遮った（わたしは口を挟まないなんて、約束してないからな）。「でも、どちらが慣れ親しんだのかは誰にもわからない……」

「そこが問題なのではありません」ステロは話を遮られたのが不満らしく、むっとしたように言った。「『星の王子さま』は素朴なおとぎ話だと思っている人は、たくさんいます。説教臭くてわざとらしい訓話だと思っている人はね。きみは慣れ親しんだものに責任がある。妻や子ども、飼い犬、隣人、同僚、同胞、この地上すべてに責任がある。シニカルな人間の目には鼻持ちならない、理想主義者《ボーイスカウト》の教訓に見える……いやはや、なにもわかっちゃいない。『星の王子さま』の哲学は、次の一文にこめられているんです。〝ものは心で見なくては。大切なものは、目に見えないんだ〟っていう」

うまいこと言って、その手には乗らないぞ。わたしはまたしても口を挟んだ。

「本当に？　間違いなく？　〝ものは心で見なくては〟とは、ずいぶんとまた挑戦的な言葉だ。そんなご大層なメッセージは、Tシャツかコーヒーカップにでも掲げておけばいいんです……シニカルな人なら感心するでしょうよ」

わたしの反応をステロは面白がった。

「それはみんなが大きな誤解をしているからです。〝大切なものは、目に見えない〟って、あなたはどういう意味だと思いますか？」

簡単だ。

「ものごとの隠された美点を見よってことです。例えば、あんまり美しいとはいえない少女や少年でも、その内面が美しければ、ほかのみんなと同じく愛されるに値するということでは……」

「もちろん」ステロはうなずいた。「それは真っ先に思いつく解釈です。だからこそ、この文句は人々に受け入れられました。しかし率直なところ、美しい女性ばかりを愛し、わがものにしようとしたサン＝テグジュペリに、ふさわしい解釈でしょうかね？　きっと別の意味があるはずだ」

海はすでにベンチの脚と、アンディの踝《くるぶし》を呑みこんでいた。

「続けてください」

「いいでしょう。ただしこの論証はじっくりと、注意深く聞いてもらわねばならないので、今度は口を挟まないでくださいよ。〝大切なものは、目に見えない〟という言葉が本当に意味しているのは、大切なものは虚《うつ》ろで空っぽでなにもないところを通してしか、思い出を通してしか存在しないということなんです。大切なものとはいつだって、今ここにないものだということ。愛する人、あるいは愛する事物とは、手のなかにありながら失われてしまったものだということなんです*。不在が価値を生む。黄金色をした小麦の思い出、日暮れの待ち遠しさ、泉の水を飲みたいという渇望、そこまで歩いていく時間、気まぐれなバラを懐かしむ気持ち、遥か彼方の星……あるいは行方知れずの友だち。

大切なものっていうのはまだそれがないから、待たれているからこそ存在しうるんです。あるいはもうそれがないから、惜しまれているからこそ、望まれているからこそ存在しうるんです。サン＝テグジュペリにとってこの宇宙が意味をなすのは、ただ不在を通してなのです。さもなければすべては取るに足らない直截的《ちょくせつてき》なもの、お金で買えるもの、所有したり捨てたりできるものになってしまう。不在を、旅立ちを、消滅を、死を受け入れるのは、事物の価値を理解し、それを尊重すること。そうした犠牲は、少しも苦しいことではありません。なぜなら犠牲を払うことで、すべてが大切なものとなるのだから。

でもこれは、宗教的な教義《ドグマ》とは無関係です。サン＝テグジュペリは他者のために犠牲を払えとわたしたちに求めているのではないし、ましてや来世の安寧を望むなら現世での犠牲を受け入れよと言っているのでもありません。サン＝テグジュペリは信心深くはありませんでした。『星の王子さま』のキリスト教的な解釈は、なんの意味もない。彼が考える犠牲は、宗教的なものではないんです。彼は欠乏と渇きと飢えで世界を満たした。世界は今、この手のなかにあるのではなく、渇望すべきもの、思い出すべきものなんです。精神は現実よりも強いのです。そもそも精神の外側に、現実が存在するでしょうか？　現実はその欠乏に比例して存在感を増す。星が美しいのは、見えない花がそこにあるからなんです。

物語の最後に、王子は自ら姿を消す……そしてサン＝テグジュペリも、進んで消えていきました。二人がいなくなることで、残った人々の手にすべてが戻された。愛、小麦、星、砂漠、死の恐怖、笑いが。人々はそれを好きにすればいい。崇めるも、嫌うも、美しく飾り立てるも、忘れるも、好きにすればいい。王子の星が輝く空は、世界でいちばん美しく、いちばんもの悲しい眺めとなる。そしてすべてが、そんな不安のなかにある。そうやってどんな人間も、皆に責任を負うことになるのだから。

そういうことなんです、サン＝テグジュペリの言う責任の教訓とは。ひとはその行為ひとつひとつに責任を負っていることを自覚せよという教訓。もっともありふれた行為、庭師や点灯人、飛行士の行為でもそう。しかし同時にそれらの行為は、虚《むな》しいものでしかありません。なし遂げるやたちまち無に帰すものだということも、忘れてはならない。それらの行為は掻き立てる期待と、人々に残す足跡のなかにしか存在しません。誰もが誰もに責任があるけれど、それは無が自由の条件だという悲痛な自覚のなかにおいてなのです。さもなければ、われわれは自分自身のためだけに行動する星になってしまうと、自覚しなければならない。大切なものは目に見えない。それがサン＝テグジュペリの言う、わたしたちの責任なのです。残された虚空、それがわたしたちの自由なのです」

論証を締めくくるかのように、長い沈黙が続いた。

感動的で説得力に満ちていると、わたしも認めざるをえなかった。

「すばらしい！」とアンディも、沈黙の誓いを破って言った。

「でも本当に大切なのは、ここではないんです」とステロは続けた。「わたしはまだあなたがたの調査について、なにも言っていませんでした。本当の答え、二重殺人の二つの鍵について」

アンディは再び黙りこみ、口をぽかんとあけて聞いている。

「サン＝テグジュペリは『星の王子さま』を書き、それから自分自身の失踪を演出したとき、なにをしたでしょうか？　彼はわが身を犠牲にした。自分が行方を暗ますことで、その喪失、不在、あとに残された虚空、事件をきらびやかに演出する伝説のなかから、彼の分身たる紙上の王子を誕生させるために。サン＝テグジュペリの存在が小さくなるほど、王子の存在は大きくなっていく。つまりは星の王子さまが、サン＝テグジュペリを殺したようなものだ。もっと正確に言うなら、王子さまを生かすためにサン＝テグジュペリは姿を消したのです……」

アンディは白い紙切れを取り出し、こう書きつけた。

サン＝テグジュペリを殺したのは王子さまだ。

ステロは両足を海に浸して立ちあがり、腕を水車のようにふりまわした。

「もしサン＝テグジュペリが謎の死を遂げなかったなら、『星の王子さま』は今あるような運命をたどったでしょうか？　もしあの本がフランスで、伝説的英雄の死後の作品として出版されたのでなければ、これほどの名声を得られたでしょうか？　世界でもっとも読まれている小説どころか、ありふれた一冊として終わっていたかもしれません。王子がメッセージを世界に届けるためには、サン＝テグジュペリが自らを犠牲にし、姿を消さねばなりませんでした。こうして彼はこの島で隠遁生活を送り……『星の王子さま』の恵みによって人々の心に、精神のなかに生き続けることができた。わかりますか、サン＝テグジュペリは行方知れずになることで、彼の教訓をしっかりと広めたのです。彼は誰もが抱く夢を実現した。あらゆるものを捨てて、ひとり孤高を貫きながら、人類史上もっとも読まれた小説を書くことで、その思想によってわたしたちひとりひとりの胸に生き続けたのですから」

アンディはペンを持った手を宙でとめたまま、固まりついていた。ステロは自慢げに輝く目で、彼女に問いかけた。

「で、どう思いますか？」と彼はさらにたたみかけた。鉄壁の論証に自信たっぷりなようすで。

「あなたにはまったく賛成できません」とアンディは言い返した。

今度はステロがぽかんと口をあける番だった。

「つまりサン＝テグジュペリは」わが赤毛の子ギツネは、いっきに感情を爆発させた。「サン＝テグジュペリは道徳にもとる行いを、堂々とやってのけたってことじゃないですか。地上の人間ひとりひとりのことを気にかける聖人だと、まわりのみんなに思わせながら、その実、自分のことしか考えていないエゴイストにすぎなかった。じゃあ家族や友人、バラたちの苦しみはどうなるの？　彼のバラ、コンスエロの苦しみは？　彼は一瞬でも、コンスエロのことを考えたの？」

傷つきやすいわが子ギツネは、そう言って泣き崩れた。

＊原注　この一節はフィリップ・フォレストのエッセーによるところが大きい。「誰もがひとりで皆に責任がある」、『サン＝テグジュペリ、戦う操縦士』（ＮＲＦ手帳、二〇一三年）所収。11－25ページ。

47

潮はあいかわらず満ちてくる。まるでアンディの涙だけで、大西洋の小さな孤島は呑みこまれてしまうかと思うほどだ。わたしたちは三人とも小屋にあがって、入口の前に腰をおろした。波間に残る最後の理想郷《エルドラド》。わたしたちは夕日を眺めた。

目の前三十メートルのあたりで、水上飛行機がわたしたちを待っている。けれどアンディにもステロにも、急いで立ちあがろうとする気配はなかった。

「じゃあサン＝テグジュペリとコンスエロは、そのまま二度と会うことはなかったの？」とアンディはたずねた。「コンスエロは死んだふりをし続けた夫のために、涙を流したってわけ？　バラは王子さまの帰りを、ただ虚しく待ったってこと？」

「バラは存在しないんです」とステロは悲しげに答えた。「バラはシンボルにすぎません。それはコンスエロでもなければトニオの母親でもない。愛人たちのひとりでもない。バラ、それは人々が愛着するものすべて、われわれを引きつけるものすべて。自由を得るために捨てねばならないものすべてなんです」

「違う」とアンディは言い返した。「違う！　あの愛をすべて投げ捨ててしまうなんて、安易すぎる。わたしたちの愛情を、ただ思い出の箱にしまっておくだけなんて」

「アントワーヌはわたしたちに、思い出の箱の話をしているんじゃありません、アンディ。宝物の話をしているんです。もっとも大切な宝物の話を……『バラの回想』を覚えていますよね？　アントワーヌがコンスエロと最後に交わした言葉を、覚えていますよね。〝ぼくは永遠に飛び立つとき、きみの手を握るだろう。だけどきみは、か弱い子どもみたいなことをしてはいけない。きみを守ってくれる人を、大声で泣きわめきながら見つめたりしてはいけない……ぼくの家はきみの心のなかにある。ぼくは永遠にそこにいるよ〟」

沈黙が続いた。

そしてアンディが口をひらいた。

「〝そうよね、あなたはひとりにならないと〟」

ステロが続ける。

「〝ああ、ワレモコウさん。もう遅い。ぼくは船に乗らないと〟」

アンディ。

「〝あなたはわたしに約束してくれた。もし戻ってこなくても、心のなかでしっかりわたしを抱きしめるから、これからも一生あなたの愛撫《あいぶ》を感じ続けるだろうと〟」

沈黙。

ステロはやさしい声で言った。

「『バラの回想』はそんな言葉で終わっています。いいですか、思い出は現実よりも力強いんです。トニオは出発する前、コンスエロにたのんだ。あなたの愛情でコートを作って欲しいと、そうすれば、弾にあたらないからと。コンスエロは彼を永遠に包んであげるよう、目に見えないコートを作ってあげると約束した。見えないコート……〝大切なものは、目に見えない……〟」

アンディはまたもや大声で言い返した。

「たしかに目に見えないかもしれないけど……でもそれは、愛で作った本物のコートだった。幻影でも思い出でもない、本物の弾よけコート！　それが証拠に、サン＝テグジュペリは弾にあたらなかったでしょ。アントワーヌは戦死しなかった。コンスエロの愛が彼を守ったのよ。コンスエロの愛がサン＝テグジュペリを救った。『星の王子さま』の続編を書き、彼女に捧げると約束したサン＝テグジュペリを。だけどそれは嘘だった。またしても嘘。サン＝テックスの言うことは、なにからなにまで嘘だらけ。すべて嘘だった」

アンディはこちらをふり返った。わたしの応援を期待しているのだろうか？

わたしは答えなかった。そんな歴史論争など、わたしには関係ない。誰を支持して誰を非難するかも。責任と自由のどちらを選ぶかも。

「おっしゃるとおりです」とステロは言った。

「え？」とアンディが訊き返す。

「それは本物の弾よけコートでした。口から出まかせの妄想じゃない。ドイツ軍の銃弾は現実のものだったけれど、それはアントワーヌにあたりませんでした。彼は約束を守らねばならなかった。彼は死後の手紙を母親に書いたように、コンスエロにも手紙を書きました。コンスエロは事情を理解し……二人は再会したんです」

「どこで？」

「ここで……ときどき」

「『星の王子さま』の続編を書こうとしていたから？」

「ええ、アントワーヌはそう約束しました」

「その続編には、どんなことが語られていたんです？」

「王子さまはもちろん彼のバラと再会します。でも現世の衣は脱ぎ捨てた状態で」

「続編のなかに描かれる彼のバラ、それはコンスエロなんですね？」

「ええ……アントワーヌは約束しました。コンスエロは続編のヒロインになるだろうと、棘を持ったバラは、夢の王女さまになるだろうと。その続編のなかで、王子さまはコンスエロとひとつになる。ほら、覚えているでしょう、一九三四年の肖像画を。そこに描かれている王子とコンスエロは瓜二つでした」

「瓜二つだった」アンディはゆっくりと繰り返した。

「女の手を取る小さな男の子。彼にそっくりの女の手を。女は何者なんだろう？　男の子は何者？」

「つまり……」アンディは興奮したように口ごもった。「つまり……女は母親で……男の子はその息子だってこと？」

「その娘です……小麦のような金髪の女の子。わたしの祖母です。彼女はここで育ちました……彼女こそ『星の王子さま』の続き、アントワーヌとコンスエロの絆から生まれた本物の王女さまだったのです……紙上の王子が、アントワーヌとコンスエロの架空の子どもだったように。王子は母親の顔だちやしとやかさ、か弱い体と、父親のメランコリックな知恵をもとに作りあげられたのです」

「どうして公表しなかったんです？」

「それは二人の秘密でした。アントワーヌの秘密……王子が明るい光のなかで生きていくには、すべてを隠しておかねばなりませんでした……そう、アントワーヌは彼の教訓を堂々と実行してみせました。彼は死ぬまであらゆる手を尽くして、この秘密を守りました。そのあとようやく、真実のすぐ近くまでたどり着いた人々に明かすことが可能になったのです。秘密を見抜くことができるかもしれない人々、サン＝テグジュペリの謎を執拗《しつよう》に追い続ける者たち、王子さまの熱烈な信奉者たちに。初めから彼らを見張っておかねばなりませんでした。いつ何時、すべてを見破りかねませんからね。そこで彼らを集めてクラブを作り、監視しようと思いついたのです。クラブ612の謎の地理学者は、もともとサン＝テグジュペリ自身でした。それから娘と孫があとをつぎ、そして今はこのわたし……ステロが務めています。ステロとはエスペラント語で、星のことです」

わたしはにっこりした。ステロはすべてを語り終えたらしい。

わたしは立ちあがった。もう出発の時間だ。

島はもう思い出にすぎない。海は杭のうえにたった小屋を除き、すべてを呑みこんでしまった。

太陽はあと少しで沈みきるだろう。金色に輝く最後の光のなかに、水上飛行機が浮かんでいる。

わたしは一歩前に進んだ。ステロとアンディは動こうとしない。

水はわたしの腰のあたりまで来ている。あと数分で、足がつかなくなるだろう。

「もう行かないと」とわたしは言った。

「わたしは残ります」とステロは言った。「もうしばらくここにいます」

わたしはさらに一歩進んだ。

「アンディ、もう行かないと」とわたしは繰り返した。

「わたしも……ここに残る」

アンディはステロを見つめ、ステロはアンディを見つめた。

わたしは試合に負けたのだと、とっくにわかっていた。つまらないことを言ってしまったと、早くも後悔していた。わたしは小屋に目をやった。まるで波間に漂っているかのようだ。

「てっきり大邸宅が待ってるのかと思ってましたが、修道士の独居房がひとつきりですか。ベッドもひとつで……」

「二人でも寝られます」とステロは答えた。「少し身を寄せ合えば、二人でも。トニオとコンスエロも、よくここで眠りました」


わたしは水平線に顔をむけた。こんなにきれいな夕日は、今まで見たことがない。こんなに悲しい気持ちになるのも初めてだ。

「きみに慣れ親しんでしまった」とわたしはオンディーヌに言った。

一瞬、わたしは不安になった。〝どちらが慣れ親しんだのかは、誰にもわからない〟って、彼女は答えるんじゃないかって。でも、そうは言わなかった。よく知られた『星の王子さま』の一節をもとにして、こう言っただけだった。

「いいこともある……」

わたしは彼女の赤毛とそばかすを、けっして忘れないようによく眺めた。

「いいこともあるよ」とアンディは繰り返した。「夕日の色のおかげで。飛行士さん、自分の星に帰らなくては」

「ぼくのバラに再会するために?」

「そう、あなたのバラに再会するために。彼女はあなたを待っている。小惑星B612が本当はどんな名前か知ってる? 小惑星にはそれぞれ、名前があるのよ。ただの番号だけじゃなくて」

「いや、知らないな」

「ヴェロニカよ」

　わたしは水上飛行機に乗った。アンディはできるだけわたしの近くまでやって来た。もう胸まで水に浸かっている。彼女は髪に飾ったひなげしの花びらを一枚、片手で摘み、わたしに差し出した。

「コンスエロが言っているけれど、ある男性が彼女のもとを立ち去るとき、クローバーを差し出してこんな忠告をした。彼女はその忠告をいつまでも忘れなかった」

　けっしてふり返ってはいけないよ。よく覚えておくんだ。世にも驚くべき伝説のなかで、うしろを見た者は石像か塩の像に変わってしまうのだから。

　わたしは最後にもう一度、夕日に目をやった。オンディーヌも同じ方向を見ているとわかっていた。

愛するとは……

わたしはふり返らずに飛び去った。

☆

それが六年前のことだ。わたしはこの話を、今まで誰にも語ったことがなかった。再びアンディに会うことはなかったし、二度と飛行機にも乗っていない。

わたしはよく海を眺める。今では空を眺めるよりも頻繁に。とりわけ夕日が沈むころになると。

『星の王子さま』を愛するあなたにとって、空や海はいつでもまったく違って見えるはずだ。なぜならわたしたちは、バラのことが気がかりだから。

今日、多くの大人たちが『星の王子さま』のおかげで、それがどんなに大切なことかわかっている。

☆

この物語はいくつかの貴重な助力なしには、構想から執筆、出版へといたることはなかっただろう。ここに心から感謝を捧げたい。

ジャン＝マルク・プロブストは深い学識に裏づけられた助言と、星の王子さま財団を通じてこの物語を世界的に広める努力を惜しまなかった。オリヴィエ・ダゲーは本書の出版を許可してくれた。ガリマール社の御厚意により、サン＝テグジュペリの著作からいくつもの引用をすることができた。そしてプレス・ド・ラ・シテ社のすばらしい編集チームは、十年来わたしに多大の信頼を寄せてくれた。

本書はまたサン＝テグジュペリの謎と『星の王子さま』がたどった数奇な運命について、わたしに先立ち興味を抱いたたくさんの著者たちにも多くを負っている。ここにそのすべてを示すことはできないが、調査に関心のある読者の参考に、わたしがもっともインスピレーションを得た本を挙げておこう。

コンスエロ・ド・サン゠テグジュペリ『バラの回想』（プロン社、二〇〇〇年）（邦訳、文藝春秋）。ジャン゠ピエール・ゲノやアラン・ヴィルコンドレによる、数多くの実証的な著作（例えば、『サン゠テグジュペリ　真実と伝説』シェーヌ社、二〇〇〇年、『サン゠テグジュペリ　伝説の愛』アレーヌ社、二〇〇五年、〔邦訳、岩波書店〕、『星の王子さまの宝』グリュンド社、二〇一四年）。行き届いたアンソロジー『むかしむかし……王子さまが』（フォリオ文庫、二〇〇六年）は、この作品が出版されるにいたる興味深い経緯を一望し、またサン゠テグジュペリが幼いマリ゠シーニュ・クローデル（本書に登場するマリ゠スワンのモデルだ！）に贈ったデッサンにも言及している。

決定稿とは別ヴァージョンの『星の王子さま』もある。サン゠テグジュペリによるイラストが添えられた驚くべき直筆原稿で、ニューヨークのモルガン・ライブラリーに所蔵されている。モルガン・ライブラリーのVIP通行証はないけれど、この手稿をひと目見たいというむきは、『星の王子さま手稿――複製と転写』（ガリマール社、二〇一三年）にあたるといい。『プレイアード版サン゠テグジュペリ全集』第二巻（ガリマール社、一九九九年）の注にも、オリジナル手稿の別ヴァージョンを丹念に解読した成果が反映されている。

☆

一九四三年、『星の王子さま』が出版されたとき、アメリカでこんな巧妙な広告が打たれた。いわく、〈読者のなかにはこれが子どものための本だと思う者もいれば、そうでないと思う者もいる。大人のための本だと思う者もいれば、そうでないと思う者もいる。けれどもほとんどすべての読者が、これは自分のための本だと思っている〉。

それがこの物語の力だ。誰もがそこに、自分が求めていたものを見つける。『星の王子さま』は心にしみる励ましの本だ。不在や孤独、死を前にして、虚空を埋める助けをしてくれる……この本を読んでいない人、読み返していない人、理解していない人、あるいはみんなが好きだと言うものがどうも気に入らないという人は、そこに〝ものは心で見なくては〟という誰もが認めるありふれた教訓だけを見てとり、くだらないとかつまらないと切り捨てるかもしれない。

けれどもこの世界は、淡い水彩画ではない。『星の王子さま』を賞賛する者たちは、彼らに反論するだろう。この作品は責任、義務感、友情、尊敬に対する賛辞でもあるのだと。確信と戦いの本なのだと。『星の王子さま』は本質的に、さまざまな世代のあいだで、さまざまな国の人々のあいだで読み継がれていく作品だ。空や砂、星、バラ、ヘビといった、サン＝テグジュペリが選んだシンボルは、あらゆる文化、あらゆる宗教に語りかける。エコロジックな寓話、平和主義的な寓話でもあるこの作品は、もっとも偉大な宗教書、政治文書のなかで、今日まで普遍的な価値に達した唯一のフィクションなのだ。国境を越えて広がるそのメッセージは、フランスを含めて自国内に閉じこもるのをよしとする世の風潮を打破するものにもなりうるだろう。

しかし『星の王子さま』はお気に入りの愛読書、自己啓発本、世俗の聖書だというに留まらず、逃亡と内向を讃える本でもある。同じ一枚の絵に二つの異なった画像を見てとる目の錯覚があるように、この物語は責任をうながすと同時に自由への讃歌《さんか》としても読むことができる。

そんな確固たる矛盾のなかでサン＝テグジュペリは生き、そして消えていった。

わたしはそんなふうに、この作品を読んだ。

わたしはそんなふうに、この作品を想像した。

たしかにそれは、想像にすぎない。王子さまが星に戻ったように、サン＝テグジュペリは小島にこもることにしたなどと言い張るつもりはない。わたしはなにもほかの人と違う、特別な手がかりを得たわけではない。そして本書を読まれたあなたにも、今やわたしと同じだけの手がかりが与えられた。けれど事実に照らし合わせてみれば、つまるところ失踪という仮説も、ほかの仮説と同じくありえないものではない。むしろなかなか魅力的な仮説だろう。

サン＝テグジュペリは、星の王子さまの秘密を持ち去ってしまった。それといっしょに、自分自身の秘密も。

ひとが皆、自らの秘密を持ち去り、あとには鉄屑だか肉体だか、そんな古いぬけ殻しか残さないように。

願わくは、折に触れてこの物語を読み返していただきたい。世にも悲しく、そして楽しいこの本を。

なぜならわたしたちは皆、いつか死んだようになるのだから。しかし、本当に死ぬわけではないのだ！

訳者あとがき

本書の作者ミシェル・ビュッシは本国フランスで、当代きっての人気作家だ。二〇一一年、『黒い睡蓮』でメジャーデビューして以来（それ以前にも、地元ノルマンディーの小出版社から数作を発表していたが）、ほぼ毎年一冊のペースで上梓《じようし》される新作はどれもベストセラーになっている。邦訳はすでに『彼女のいない飛行機』、『黒い睡蓮』、『時は殺人者』、『恐るべき太陽』（いずれも集英社文庫刊）の四作を数え、それぞれ年末恒例の各種ランキングで上位に入るなど（二〇二三年刊の『恐るべき太陽』は「このミステリーがすごい！２０２４年版」（宝島社）七位、「週刊文春」（文藝春秋）ミステリーベスト10　八位、「ハヤカワミステリマガジン」（早川書房）ミステリが読みたい！　五位、「２０２４本格ミステリ・ベスト10」（原書房）一位）、ビュッシの名はわが国のミステリファンにもつとにお馴染《なじ》みである。

けれども、本書はこれまで紹介されたビュッシ作品とはいささか趣を異にしている。なにしろここで取りあげられているのは、そのタイトルが示すとおり「誰が星の王子さまを殺したのか？」という謎、そして「誰が『星の王子さま』の作者サン＝テグジュペリを殺したのか？」という謎なのだから。そう聞くと、「星の王子さまは殺されたの？　サン＝テグジュペリは殺されたの？」と驚かれる読者もおられるだろう。しかし『星の王子さま』の結末には、たしかに不可解な点が少なくない。王子が故郷の星に帰るには、ヘビに咬《か》まれるしか方法がなかったのか？　ヘビに咬まれて砂漠に倒れこんだ王子は、本当に無事星へ帰ることができたのか？　考え始めると疑問はいくつも浮かんできて、その陰には秘められた犯罪が隠されていても不思議はないような気がしてくる。

作者サン＝テグジュペリの最期も、謎にはこと欠かない。彼が操縦する偵察機は一九四四年七月三十一日、地中海上空で消息を絶つが、その際の具体的状況を示す確たる証拠や証言は得られないままだった。しかもこの偵察任務の前日、作家は親しい友人らに遺書めいた手紙を残していた。まるで自分の死を予感していたかのように。本書はそうしたサン＝テグジュペリとその代表作に関する数々の謎に、フィクションならではの大胆な解決をもたらそうという異色のミステリである。『星の王子さま』やサン＝テグジュペリの愛読者はもちろん、広くミステリファンにも興味深く読んでいただけるはずだ。とりわけアガサ・クリスティの代表作『アクロイド殺人事件』、『ナイルに死す』、『そして誰もいなくなった』、『オリエント急行殺人事件』になぞらえた謎解きには、思わずむむっと唸《うな》らされた（本書二〇六ページ、ただしこの四作のネタばらしにもなっているのでご注意を）。本書がサン＝テグジュペリとビュッシどちらにも、新たな読者が増えるきっかけになればと思う。

当然のことながら、本書では随所で『星の王子さま』への言及がなされている。『星の王子さま』をすでに読んでいれば、もちろんそれに越したことはないが、たとえ未読でも「心配ご無用。本書に登場する二人の捜査員の導きに従えばいい」のは、作者が「はじめに」のなかで断っているとおりだ。とはいえ『星の王子さま』の内容を、ここでざっとおさらいしておくのも無駄ではないだろう。

*

語り手のパイロットは操縦していた飛行機が故障し、サハラ砂漠の真ん中に不時着する。なんとか修理をしなければと苦心しているところに不思議な少年があらわれ、「ヒツジの絵を描いて」と話しかけてくる。語り手は少年を「王子」と呼んで親しくなるうちに、彼が小惑星B612からやって来たことを知る。家一軒くらいの大きさしかないその星に、王子はひとりで暮らしていた。ところがある日、見知らぬ美しい花がそこに咲いた。王子は花を愛してかいがいしく世話をするが、見栄っ張りでわがままな花はつれない態度で王子を苦しめる。耐えきれなくなった王子は、花を置いて星をあとにし、旅に出た。

その旅で王子が巡った小惑星325〜330には、それぞれ奇妙な人物が住んでいた。やたらと命令をしたがる「王さま」。褒められるのが大好きな「うぬぼれ屋」。酔っぱらうのが恥ずかしくて飲まずにいられない「酒飲み」。買い集めた星の数をせっせと数える「ビジネスマン」。一分ごとに昼と夜が入れ替わる星で、ガス灯をつけたり消したりし続ける「点灯人」。本物の海や川、町、山、砂漠を見もせず、ひとの話を聞いただけで本を書いている「地理学者」。王子の目からすると、みんなへんてこな「大人」たちだ。

やがて地球に降り立った王子は、そこで出会ったキツネから、ひととひとが絆《きずな》を結ぶことの大切さを教わる。時間をかけてゆっくり知り合うことで絆が生まれ、相手はほかの誰とも違う特別な存在になるのだと。けれども、そこには責任も生じる。王子は自分の花に対する責任の重さを知り、体という重い殻を脱ぎ捨てて故郷の星に帰るべく、自らヘビに咬まれて語り手の前から姿を消す。

サン＝テグジュペリが『星の王子さま』を書くに至ったいきさつや、行方不明になった状況についても、簡単に記しておこう。第二次大戦が始まり、一九四〇年にフランスがナチス・ドイツに占領されると、サン＝テグジュペリはニューヨークに逃れる。彼はすでにアメリカでも名の知れた作家だったが、英語をよくしないこともあってか、アメリカでの生活は必ずしも満足できるものではなかったらしい。そんな無聊《ぶりょう》の暮らしの気晴らしにと勧められて書いたのが『星の王子さま』だった。一九四二年の夏から秋にかけて執筆されたこの作品は、一九四三年四月にアメリカで英語版とフランス語版がほぼ同時に刊行された。もともとパイロットだったサン＝テグジュペリはそののち、志願して連合軍の航空部隊に入って偵察飛行を繰り返すが、一九四四年七月三十一日、コルシカ島の基地を飛び立ったまま消息を絶つ。墜落した機体や遺体も見つからず、サン＝テグジュペリの死は長年謎に包まれていた。一九九八年、地中海のマルセイユ沖で作家の名前が記された銀のブレスレットが偶然見つかったが、その真偽を巡って論争が起きたのは本文中でも触れられているとおりだ。さらに二〇〇〇年には、サン＝テグジュペリが乗っていた偵察機の残骸が海底から発見されたものの、遺骨は見つかっていない。

＊

長年にわたり内藤濯《あろう》訳で親しまれてきた『星の王子さま』だが、二〇〇五年に原著の著作権保護期間が満了したのを機に、いっきに十数種類の新訳が書店に並ぶようになった。『星の王子さま』を訳すうえで誰もが頭を悩ませるのは、この作品のキーワードとも言うべき apprivoiser という言葉だろう。本書のなかでも、謎解きの重要な手がかりになっている。もともと「動物を飼いならす、手なずける」という意味の動詞だが、ひとに対して用いることもある。『星の王子さま』では、王子がキツネに初めて出会って「いっしょに遊ぼう」と誘ったとき、キツネがこう答えるなかに出てくる。「きみとは遊べないんだ。apprivoiser されていないから」と。「飼いならす」「慣らす」「なつかせる」「なつく」「なじみになる」「手なずける」「仲良しになる」など、訳者によってさまざまに訳されているこの語を、本書では「慣れ親しむ」とした。それも含めて『星の王子さま』からの引用はすべて、拙訳「小学館世界J文学館」収録『星の王子さま』に準じたことをおことわりしておく。

また本作の原書の記述には、日本で出ているサン＝テグジュペリ関連の文献と相違する箇所もいくつか見られた。著者の勘違いと思われるところは訂正したが、判断がつきかねるものについては原文どおりとした。

＊

最後になりましたが、本書の翻訳にあたって集英社クリエイティブ翻訳書編集部の仲新さんにたいへんお世話になりました。また校正、校閲の皆さまには、原文とのつき合わせから事実関係、引用箇所の確認まで、手間のかかる作業を担当していただきました。心より感謝いたします。

二〇二四年十二月

平岡敦

集英社文庫

誰《だれ》が星《ほし》の王子《おうじ》さまを殺《ころ》したのか？

2025年２月25日　第１刷　　定価はカバーに表示してあります。

著　者　ミシェル・ビュッシ
訳　者　平岡《ひらおか》　敦《あつし》
編　集　株式会社　集英社クリエイティブ
東京都千代田区神田神保町2-23-1　〒101-0051
電話　03-3239-3811
発行者　樋口尚也
発行所　株式会社　集英社
東京都千代田区一ツ橋2-5-10　〒101-8050
電話　【編集部】03-3230-6095
【読者係】03-3230-6080
【販売部】03-3230-6393（書店専用）
印　刷　TOPPANクロレ株式会社
製　本　TOPPANクロレ株式会社

フォーマットデザイン　アリヤマデザインストア　　マークデザイン　居山浩二

ISBN978-4-08-760796-3 C0197